# 雷沙革村的读墨人

# THE INK READERS OF DOI SAKET

·

SHORT STORIES

〔荷兰〕
托马斯·奥尔德·赫维尔特——————著
Thomas Olde Heuvelt

厉青冰 等——————译

東方出版社

图书在版编目（CIP）数据

雷沙革村的读墨人 / (荷) 托马斯 • 奥尔德 • 赫维尔特著 ; 厉青冰等译. — 北京 : 东方出版社, 2018.10
书名原文: The Ink Readers of Doi Saket - SHORT STORY COLLECTION
ISBN 978-7-5207-0567-7

Ⅰ. ①雷… Ⅱ. ①托… ②厉… Ⅲ. ①中篇小说一小说集一荷兰一现代②短篇小说一小说集一荷兰一现代
Ⅳ. ①I563.45

中国版本图书馆 CIP 数据核字(2018)第 190152 号



著作权登记号 图字：01-2018-5504

雷沙革村的读墨人（LEISHAGECUN DE DUMOREN）

作　　者：〔荷兰〕托马斯·奥尔德·赫维尔特
译　　者：厉青冰 等
出版统筹：吴玉萍
责任编辑：罗佐欧
特约编辑：邹　熙
责任审校：金学勇
出　　版：东方出版社
发　　行：人民东方出版传媒有限公司
地　　址：北京市东城区东四十条 113 号
邮　　编：100007
印　　刷：鸿博昊天科技有限公司
版　　次：2018 年 10 月第 1 版
印　　次：2018 年 10 月第 1 次印刷
开　　本：787 毫米 ×1092 毫米　1/32 开
印　　张：8.625
字　　数：145 千字
书　　号：ISBN 978-7-5207-0567-7
定　　价：39.80 元
发行电话：（010）85924663 85924644 85924641

# 总序　　中国科幻的新起点

韩松

方舟文库的科幻系列中，第一个吸引我的作者是双翅目。2017 年，我与她在一场科幻活动中相识，那时我首次看到她的作品，惊为天人，后来又陆续看了她另外一些作品，成为她的粉丝。以前我评论刘慈欣的《三体》，说《三体》把我们写的科幻碾得粉碎，如今看双翅目的科幻，又有了这种感觉。我觉得她的一些作品担当得起“伟大”这样的词。她的小说像迷宫一样让人深深陷入。读完后我头脑里翻腾着星星般的无数想法，却始终无法整理出完整的语言来归纳。它们是太可言说了，却又充满无尽的解释，阅读的愉悦和绝望同时升起。后来又看到翼走的小说，同样深感震撼，佩服不已。为拥有这样的作者和作品的一套书写序，我感到十分荣幸。

我觉得中国科幻可以分为两个流派。不是硬科幻和软科幻，而是模仿西方、向西方科幻致敬的流派，和拥有更多本土价值、个人趣味的流派。我们这一批二十世纪九十年代成长起来的作者，有时被称作所谓的“新生代”，其实主要还是在做第一种科幻，在模仿，在向黄金时代的西方大师们学习，从主题立意到内容风格，都明显有这样的痕迹。有时写出了一些较有影响的作品，其实也都不离这个路数。但是新的一代人，比如方舟文库的年轻科幻作者们，我觉得很难归类。他们的出现代表了一种新样式的冲击，更有自己的东西。我觉得这可能就是中国现代科幻真正的新起点，而之前的科幻多少有那么一点“前现代”。

这批新作者风格奇异，很个人化，跨界感突出。在他们的作品里看不到太多传统的主题和画面，却能把传统的元素推入新的境界。他们追求不羁的想象力和严格的科学背景，却不再拘泥于软硬科幻之分，挥洒自如，转换灵动。他们追求文字的繁复精妙，更关注人的内心、人的命运，以及人在政治、经济和技术大背景下的悲欢离合。从他们的文风和表达中看不出作者的性别。他们探讨的问题相当前沿和先锋，涉及深层的精神世界和认知领域，触及人的灵魂，创造了一些全新的艺术形象。他们不再仅仅是写一个点子，而是在自酿一种趣味，写自己思考或玩味中的东西，品味人类心灵的深邃、复杂与别致。他们的作品更有艺术性，更有美感，甚至带有宗教感。这是从模仿世界到拥有世界的转变。他们让我重新看到了阅读科幻的意义，那就是可以借此与人类中伟大的天才相遇，与那些远远超越你我的大脑相遇。

这个系列中还有一些西方科幻的佳作，既有新人和新风格，也有一些重量级的人物和获奖作品。例如荷兰近年的科幻新星托马斯·奥尔德·赫维尔特的短篇集《雷沙革村的读墨人》。荷兰的幻想文学其实并不繁荣，经典的荷兰小说的创作主题往往是关于“虚无”的。托马斯的作品则有非常强的细腻情感、充满悬念的情节和善恶模糊的人物。在他的作品里，奇观是为故事服务的，“科幻”的部分甚至退化成一个符号或意象。但换个角度看，这是科幻小说外延的扩大。

除此之外还有《时间回旋》的作者罗伯特·威尔森的一部新作《未来的最后一年》，以及写出《西班牙乞丐》三部曲的科幻元老南希·克雷斯的作品集《盖娅的惩罚》等。我把它们看作一个标尺或一面镜子，来对比或映射我们中国科幻如今的发展进程。

我很羡慕这些作者的成长环境。从前整个中国就只有一家《科幻世界》，现在有了多种多样的专业写作平台，让科幻爱好者可以尽情释放写作才华，在丰富多样的环境中展开脑力激荡。豆瓣阅读征文大赛、科幻文汇征文大赛、银河奖、星云奖，还有蝌蚪五线谱“光年奖”、晨星晋康奖等，给他们带来更多崭露头角的机会。豆瓣阅读征文大赛现在设有专门的科幻类型组别，每一次赛事奖项的出炉，都意味着一大批青年科幻写作者脱颖而出。我为科幻骄傲，也为发掘和推出这些优秀作者和作品的人和机构骄傲。这次豆瓣阅读推出的科幻系列，是中国科幻向多元化发展的证明。在如今的中国，能够有那么多的社会力量参与到科幻创造中来，是很了不起的。科幻则借此进一步拓展它的空间，激励探索和冒险精神，增加新的审美体验，创造未来和新世界。我把这视作民族的盛事，但更是写作者个人的幸事。

2018 年是世界现代科幻诞生二百周年。中国在此时迎来了一次本土科幻的爆发，这在我们的现代文明史上，无疑刻写着极其重要的意义。

# 目录

# 那天，天地翻了个个儿

The Day the Earth Turned Upside Down

在这个不可能的世界里，

你那不可能的请求，

是代表我爱你的最后一个不可能的象征。

那天，天地翻了个个儿。

我们不知道为什么会这样。有些人怀疑是因为我们犯了错，或者拜错了神灵，或者说了什么不该说的话。但其实没什么原因，世界就是翻了个个儿。

幸存下来的科学家们认为重力并没有消失，而是倒转过来了，就好比地球一瞬间失去了所有重量，继而被某种庞大的物质包围了。而那些不幸未被此神迹带走的信徒则认为，生活的本质是奉献与索取，奉献了这么多年，上帝终于向我们索取回去了。然而事实上，地球周围并没有什么异常庞大的物质，被上帝索命也是一个难以令人信服的假设。

上午十点零五分，灾难毫无征兆地发生了。在那魔法般的瞬间，你可以看到我们所有人飘浮在客厅的半空中，身体倒悬着，还保持着前一刻的姿势——喝咖啡的人在用颠倒的杯子喝咖啡，情侣互相拉扯着对方下坠的身体，老人家抓着自己滑落的假发，小孩欢叫着，猫咪低吼着，我们的财物如同小行星般在我们周围飘浮环绕——噢，这个凝固的瞬间实在太疯狂了。紧接着传来物体散落的哗啦声，混杂着人们的呻吟、哭号与尖叫——整个场面混乱不堪。我们坠落在天花板上，被自己拥有的一切压得粉碎。颅骨破裂，脖颈折断，婴儿被高高弹起。大多数人要么死在这一刻，要么挂在石膏天花板的破洞上苟延残喘。幸存者则一脸迷茫地压在他们上面，试图理解刚刚究竟发生了什么。

屋外的人们就更惨了。天地翻转的那一刹那，他们还没反应过来就已经飞离地球表面。很快，天空便满是东倒西歪的人、飘动的衣物、挣扎的小狗、倾斜的车辆、哗啦响的天花板、不停叫唤的牛以及打着卷儿的秋叶，叶子缤纷的色彩将天空点缀得格外灿烂。坐在门廊上的人们不断翻滚着，最终摔落在摇摇欲坠的遮阳棚上，探出头望向身下的万丈深渊。拜翻转的重力所赐，刚刚从地里钻出鼻尖的鼹鼠被死死卡在地面，而跃出水面的鲸也别想回海里去了。地球母亲如同厌倦了身上的负担一般，将那些没有牢牢扎根在她身上的东西全部甩掉——只是轻轻向上一推，它们就全部掉进了大气层。飞机、卫星和空间站全部消失在太空中，甚至连月亮父亲都被推开。我们看着它变得越来越小，直到抵达它那悲哀的绕日轨道。它甚至都没来得及跟我们道别。

而我呢?

我当时只是静静地躺在沙发上，什么都没干。我没在看书也没在看电视。即使世界末日来临，我都不会注意到。

我只是盯着手机，等你打来电话。

对于我来说，这是两天来的第二个世界末日。昨天，当你低垂着眼帘对我说“这不是你的问题，是我的问题”时，我的世界就崩塌了。这是我们之间的最后一个谎言，或者说，是你我变成路人后的第一个谎言，因为你已经不要我们在一起了。这份被我视作今生最美的感情已经变成你的累赘。不要我了，你已经不想跟我在一起了。

我的心碎了。钻心的疼痛和无边的震惊吞没了我。我怎么会想到，你竟能如此平静地吐出这句话。要是放在从前，你绝不会忍心，甚至宁愿死千百次也不会对我说出口。你是我一生的挚爱，我从未想过你竟会从我这里将这份爱带走。我努力假装可以理解，假装不去怪你，不再坚持，假装我的伤痛不及你的伤痛。我甚至无法对你生气，因为我太爱你。

我们站在走廊上，我哽咽着问:“你真的、真的确定吗?”

“不……是的。”

“你说‘不’了。”

“不，我确定。”

“那我们不能……”

“不能。”

“那我们就不能……”

“不能，托比，我很抱歉。”

那一刻安静了。我听得到自己颤抖的呼吸声。你焦急地翻着手袋，寻找开前门的钥匙。走廊还真是一个尴尬的地方，介于离开与留下之间。终于，我鼓起所有勇气问道：“那我们就不再……”

你终于看向我，眼中还含着泪水，然后轻轻摇了摇头。我强忍着眼泪，但它们还是夺眶而出。你强装的平静也终于崩塌。我们紧紧相拥，迟迟不愿松开，就好像这是我做过最困难的事情一样。接着你松开了手。

我含泪笑了。

你也一样。

“米西米西……？”我支吾道。

“不米西。”你回了一句，转身消失在楼道里。

你走后的半小时里，我决心佯装成一个安然无恙、颇具身价、绝不认输的人。我逼回泪水，开始洗碗。看着杯子上的唇印消失在肥皂泡里，恍惚中仿佛看到其他男人抚摸你的肌肤，亲吻你的嘴唇，霸占你的身体。这些场景填满我脑子里的每一条沟壑，激起无处发泄的懊悔。我狠狠击碎碗碟，玻璃杯都被震到了餐盘底下。紧接着，我脑海里竟开始莫名其妙地玩味起一个可怕又诱人的主意：把一个玻璃杯砸碎在梳妆台上，再用碎片划破手腕。不过那终究只是想想而已。临近傍晚，我发现你已经将脸书状态改为“单身”，要知道之前你磨蹭了好几个礼拜才不情不愿地将状态改成“有伴”。想到这里，我愤怒地将笔记本摔进冰冷的洗碗水里。随着夜幕降临，你走后留下的空虚完全吞噬了我，而我只能孤身一人，孤身一人陷入无尽的悲伤里。

收到你的短信时，夜已经深了。我半梦半醒地躺在沙发上，那一瞬间，居然感到破碎的心脏猛地撞击了一下胸膛。

“泡泡还在你那边。我明天过去取。”

就只有这两句而已。不是“你明天在家吗”或者“也许我们可以再谈谈”，也不是“给我沏壶摩洛哥薄荷茶，好吗”——这可是你最爱喝的茶。甚至连“你现在还好吧”都没有。仅仅只是“我明天过去取”。这两句话比任何东西都让我绝望。

天，天，天！苏菲！你对我来说是如此珍贵，珍贵得不可思议，珍贵得独一无二，珍贵得难以言喻。你究竟为何要这样对我？

灾难发生时，可能是为了将自己与即将翻转的世界隔绝起来，我随手抓过一个靠垫压在自己脸上。多亏此举，我并没有重重地摔在天花板上。而且有沙发靠垫挡着，我也没有伤到骨头。晕眩中，我从沙发底下爬出来，发现浑身上下居然连个擦伤都没有。

重力翻转后，随着最初的混乱逐渐平息下来，我的第一个感受不是震惊，而是迷失方向。我甚至没有意识到自己是掉在天花板上，也没有发觉客厅已经颠倒过来。尽管外面的防空警报响个不停，但我很清楚这不是地震。一眼扫过客厅，房间里到处都是破碎的家具、折断的盆栽与随之散落一地的泥土、四处悬挂的电线，以及我们破碎的合照。我还没来得及考虑灾难可能的性质，废墟中的某个东西就让我的血液瞬间凝固了。

鱼缸已经碎了。

泡泡在玻璃碎片的水洼里挣扎，看上去惊慌失措。

就在这时，电话竟然响了。

我在一张地毯下找到了手机，突然铃声跟外面的防空警报同时停止了。我看了一眼屏幕，发现是你打来的，心脏顿时剧烈地跳起来。我立刻回拨给你，但已经没有信号了。我一遍又一遍地拨着你的号码，心想不管刚刚发生了什么，你肯定活了下来并且还尝试在网络瘫痪前联系了我。泡泡在另一边拼命地跳着，为吸引我的注意做着最后一搏。它如同干旱河床上的鱼一般喘着粗气，很快便一动不动地躺着，奄奄一息。

我还活着。

你也活着。

泡泡也还活着。

我迅速跳起来，在废墟中四处寻找可以装泡泡的容器。在如此紧急的情况下，我能找到最好的东西就是你喝剩一半的汽水瓶。我疯狂地摇晃瓶子，让瓶内剩余的碳酸气体挥发殆尽；接着又用指尖在玻璃碎片的水洼里沾了点水，轻柔地润湿着泡泡橘红色的小身板。在水的滋润下，小家伙开始焦躁地摆尾巴，催促我尽快把它弄到水里。我尝了一口汽水，发现已经完全没有气泡了。于是，我小心翼翼地将泡泡一点点塞进瓶口，直至听到令人满意的入水声才安下心来。

小家伙看起来跟柠檬汽水相处得还不错。

我透过窗户往外看时，世界突然摇晃起来。我住在一栋三层公寓的顶层。视线上方，公园另一边的房子倒悬在地面上，还不时发出“吱呀”的响声，显然已经摇摇欲坠。屋顶瓦片簌簌地往下掉，树也倒挂着，就像我家对面院子里的秋千、滑梯和绳子上的衣服一样。我被这个场景震惊得说不出话来，只能将手里的汽水瓶越攥越紧。瓶里的泡泡则若无其事地噘着小嘴透出水面呼吸。我在天花板上匍匐前行，穿过倒扣的沙发最终来到颠倒的窗户边上。窗外深不见底的大气层让人不由得倒吸一口冷气。一时间我仿佛石化了，一动也不能动，甚至不敢哭，生怕这弱不禁风的天花板连眼泪的重量都承受不住。窗外那与自然法则完全相悖的景象如此不可思议，我竟然本能地想抓住窗框来防止自己掉“上”去，但翻转的重力反而托着我的身体给天花板持续施压。我的胃里翻江倒海，恶心至极。

除了一个挂在运动场围栏上的女人以外，视野中再无其他人。

那女人死死抓着围栏的横杠，双脚悬空，两手的指节已经发白。她背对着我，所以我看不到她的脸，只能看到她手臂上两个碍事的克罗格购物袋正试图将她拖入深渊。

我小心翼翼地站起来，打开倒置的窗户，然后抓着窗框将身子探出窗外，心已经提到了嗓子眼。“女士？”我冲她叫道。

她被我的声音吓了一跳，却不敢往下看，担心稍不注意会失去平衡掉下去。“请帮帮我！”她叫道，虽然处境岌岌可危，但她表现得异常冷静。

“到底发生了什么？”我喊道。

“拜托，我撑不了多久了。”

“等等，坚持住！”

“我没辙了！”

“抱歉，我是说……我马上来救你！”

但某些不幸的巧合发生了。此刻，高悬在二十五英尺上方的车架上，我那锈迹斑斑的自行车恰逢其时地断裂了——整个车身坠落下来，将打开的窗户砸个粉碎，只剩下车轱辘还挂在车架上。我吓得一抖，没拿稳汽水瓶，它于是就这么从我手中滑落，摔在天沟底部，然后沿着窗户向外滚去，最后停在了我够不着的窗沿边。

泡泡经受着急性呼吸亢进带来的剧痛，飞快地扇动纤弱的鱼鳍，朝瓶子的另一端快速游动。“请快一点！”她冲我喊道。我的目光立刻从那条受尽折磨的金鱼转向这位晃晃悠悠、沮丧的女人。但就在那一刹那，我突然看到你的脸庞，记起你曾试着打电话给我。

对于我来说，在那不曾翻转的世界里唯一有意义的，就是你。

我爬了起来，在颠倒的客厅中摸索出一条前行的道路。我越过及膝的“门槛”爬进走廊，那里整片的天花板已经被厕所水箱的水漫过，到处挂着地毯的碎片。我穿过走廊继续前行，越过另一道门槛，终于来到厨房。尽管客厅已经是一片狼藉，但相比而言，厨房的受损程度要严重得多：橱柜的门已经从铰链上脱落，满眼都是敞开的抽屉、四散的刀具以及坛坛罐罐，还有……唔，真是见鬼！天花板上居然破了一个大洞，刺眼的阳光从洞口穿进来，晃得人睁不开眼睛。看来冰箱是找不着了。我踮着脚尖，迅速移到了底层橱柜。一打开柜门，一堆厨房用具便一股脑儿涌出来淹没了我。还好其中就有我想找的东西——拖车缆绳。

世界末日通常会催生两种人：英雄跟狗熊。我将缆绳的一头绑在客厅的沙发上，另一头则牢牢地捆在自己腰上。当那女人最终鼓起勇气扭过头，发现我正全副武装地从窗户里爬出来，她一定觉得我属于前者。她含糊地嘟囔了一句“谢谢上帝”，丝毫没有发觉我已经被某个冷酷的念头绑架。我伸长身子、紧张地倚着窗户，全神贯注地伸手去够跌落在天沟底部的金鱼瓶。就在这时，那女人怀揣对未来富足久长生活的幻想，突然闷声不响地掉了下去。她就这样离开了我们，甚至连姓名也未能留下。

在世界末日面前，每个人都只为自己而活。

这是你教我的，苏菲。

我现在的举动非常危险，但我别无选择——因为从窗户那边根本够不着那该死的瓶子。做了两次深呼吸，我终于鼓足勇气着陆在天沟上。左手拽着松垮的缆绳，右手抓着悬壁边缘拖着脚步一寸寸地向前挪。我把脸紧紧贴着玻璃，背对着深不见底的洞，心里害怕极了。还有 6 英尺……4 英尺半……3 英尺……我一点点靠近瓶子，直到绳子绷紧，然后慢慢地弯下膝盖伸手去够，我的指尖甚至已经触到瓶盖了。但就在这时，天沟突然断裂，带着我一起坠下深渊。

一切都在旋转！我闭紧眼睛和嘴，等待绳子断裂的那一刻。“兹啦”一声，绳子突然猛地扯住了我，强烈的冲击让我感觉胃瞬间被往上扯、提离了腹腔。客厅的沙发被我拖着快速向前滑行，最后狠狠撞在窗框上面；而在绳子的另一端，我如同布娃娃般剧烈地摇荡着。

那一刻，时间仿佛停滞了。那种感觉宛如遁入永生。一直等到摇荡渐渐停下，我才鼓起勇气睁开眼睛。

我最终被吊在屋檐底下差不多三英尺的地方，距离真实的“地面”大概还有一光年。绳子竟然勒进了我的上腹部！

尽管疼痛难忍，但我还是死死抓着瓶子。泡泡翻着肚皮一动不动地漂在里面，我忧心忡忡地敲了敲瓶子，谢天谢地，它睁开了那对昏眩的小眼睛。

我终于可以享受片刻的宁静了——没什么时候能比现在更适合这个词——正好可以利用这个时间好好想清楚目前的处境。地球翻转的景象令人叹为观止，也叫人惶恐畏惧：头顶一整片天花板延伸至地平线，脚底下却空无一物，只有广阔茫然的虚无。除了远方不断传来的物体断裂声，听不到其他任何声音。失去方向感的鸟儿试图找个落脚点，但最终也只能身衰力竭，悲哀地跌入宇宙。

“你知道现在几点吗？”我耳边突然传来一个稚嫩细小的声音。

我在空中拼命地蹬脚，努力转向声音的源头。操场秋千架上有两个秋千在空中摇摆，其中一个上面坐着一个小女孩。她绑着三个卷曲的小马尾，双脚悬空晃荡着，两只小手紧紧地抓着铁链，低头望着我。

“呃……别害怕。”我说道，但语气并不坚定。

“我想荡得高高的，那样就可以触到天空了，”那个小女孩说，“但是妈妈告诉我不能那样做，不然秋千会翻过来的。不过我没有乖乖听话，结果现在秋千真的就落不下去了！”

“那还真是有点麻烦啊。”我低声嘟囔了一句，心里却已决定摆脱这个女孩。我救不了她。尽管她就在离我 20 英尺远的秋千上，但眼下，这距离就好比她在月亮上。我开始准备摆脱目前危险的困境。

“我叫多妮。”月亮上的女孩说道。

“噢……你好。”

我小心翼翼地将汽水瓶塞进裤袋。

“我今年五岁，已经是个大姑娘了。”月亮上的女孩自顾自地说。

“嗯……是吗？”

我拽着绳子慢慢向上拉动身体。

“你知道现在几点了吗？”多妮问，“妈妈跟我说，再玩两分钟我们就回家，因为她刚买了些日用品，要回家收拾起来。但我不知道两分钟到底是多久。”

我心里猛地一抽，一时间接不上话。

我想到那个提着克罗格购物袋的女人。突然间，世上所有逝去的生命如潮水一般猛地淹没了我：那个不幸女人以及秋千女孩的生命、妈妈以及孩子的生命、伤心人与负心人的生命，还有你跟我的生命。生命就像曾经被你扯断线的珍珠一般倾泻在地板上，散落得满屋都是，然后很快消失不见。

在这颗星球上，尽管死亡屡见不鲜，但哪怕是最有远见的哲学家也难以预见到，仅仅一天之内，地球就沦落成这副模样。昨天，我还抱着你醒来，亲吻着你心脏的位置。那时，你还属于我。如今，我却像一张铁锚，悬挂在这个世界的底部。而这个世界也陷入了停滞。

爬进房间后，我冲洗了一下汽水瓶，然后用稻秆将卫生间天花板上汇集的水吸出来引入瓶子。泡泡很快就明显恢复了元气。接着，我将松木餐桌的桌腿锯下，把嵌板从厨房天花板的破洞上拉过来，并从铰链上把柜门扯下。我艰难地越过窗户，后面的走廊就不在话下了。我一路穿过楼梯栏杆和转角来到公寓一楼，接着爬上一摞倾斜的床垫跟沙发，最终抵达公寓大门。

一想到必须在这个翻转的世界中穿梭，行走在那些摇摇欲坠的天花板下，我的心就沉到了谷底。不过，拯救小女孩的渴望还是战胜了恐惧。如何够到第一个围栏是我碰到的第一个难题。我把最长的书架推到运动场的栏杆间，将书架另一端钉在门框上，最后再将桌面放在中间，脚手架的第一个部分搭好了。我争分夺秒地制作出一个个用飘窗框架、镜子架以及门框组成的平台。这些平台从台阶延伸到栏杆，再从栏杆连接到橡树，最终延伸到秋千那里。就这样，我把自己所有的财产连在一起，变成横越天堑的一道桥。这个工程对于我从今往后的末世人生简直是个完美的缩影。也许我之所以想拯救那个女孩，是因为通过在这个翻转的世界中爬行穿梭，我试着说服自己，大头朝下的是这个世界，而不是我。

我用绳子把表面裹着地毯的排水管绑在蓝色秋千架上，然后小心地爬过去放下折叠梯。当我告诉多妮往上爬时，太阳已经“升”到地平线附近，晚霞将天空映得血一般红。

多妮仰起她圆圆的小脸蛋儿看着我，安静地憋出两个字:“我怕……”

“你必须爬。”我用腹部支撑住身体，手臂环着框架，将梯子当作我双手延伸的一部分，“我不会放手的。”

多妮犹豫了。“你真的、真的确定吗？”

“不，是的。”

“你说‘不’了。”

“不，我确定。”

“难道我们不能……”

“不能。”

“但是我们就不能……”

“不能，多妮，赶紧爬上来。”

多妮小心翼翼地沿着铁链向上移动双手，然后缓缓地站在秋千板上。她又怕又恨地看着梯子，身子前后摇摆着，似乎是害怕把秋千留在那儿，又似乎希望自己能再荡上几回。经过片刻的思想斗争，她终于下定决心，抬脚踏上天梯最底部的横档，然后沿着梯子向上爬，迅速又轻盈。

晚些时候，当太阳不断升高并最终越过地平线，我们透过客厅的窗户看着大气层上演的“地球喷泻”剧。多妮钻在羊毛毯子里，睁圆了大眼睛，越过毯子的边缘向外望；泡泡依旧面带忧伤地在纯水中游来游去；而我则一如既往地开始哀悼自己曾经的生活——那些已经随其他东西一并消弭于虚无的前尘过往。远处传来爆炸声，空气中充斥着浓烈的燃烧气味，这些气味无处可逃，只能弥漫到地球表面。随着建筑物断裂，大多数火焰会逐渐熄灭，只剩下尾部灰色的浓烟随之坠入深渊，如同一颗颗彗星。

“那大山呢？它们也会掉下去吗？”多妮用梦呓般的语气问我。

在此之前，她一直在将盆栽扔出窗外，以此自娱自乐。不过看多了那些东西消失在大气中，她很快也觉得腻了。多妮年龄还小，因此可以很轻松地适应新的生活状态。但我办不到。伴随着越来越重的绝望感，我不断努力搜寻着更多关于这场大灾难的新闻，但无线电波似乎跟手机与电脑网络一样，统统消失了。

“我估计这会儿大山正在下石头雨。”我回答。

“那火山呢？”

“我猜是在下火焰。致命的岩浆倾泻而下，落入太空。”

多妮看起来不太相信我的话。“这样难道不会把地球给掏空吗？”

我压根没想到这一点。

我想知道的是，你是否也同我一样，在这个翻转的世界里看着相同的风景？你是否也感觉到了一样的迷惘？我还想知道，世界末日降临的那一瞬间，全世界这么多人里，你为什么偏偏马上打电话给了我？又为什么不再早一点，为什么不在一切失去意义前打给我？我曾经失恋过两次，一次是因为对方出轨，另一次是因为对方的冷漠。但那些都不能与这次相提并论，因为我对你的爱仿佛与生俱来，深入骨髓。曾经，如果我夜里醒来却感觉不到你躺在身边，我会担心你过度沉迷于夜生活；如果你黎明前才钻进被窝，浑身酒气闷头就睡，我会清醒地躺在你身边，努力忽略你呼吸中散发的其他男人的味道。害怕失去你的恐慌引发了早产的相思病：我想念你的身体，虽然你就躺在我身边；我渴望你的抚摸，尽管你的手臂就搁在我胸口。这思念令失去你的想象变得更为真实，而我的心也更加疼痛。那感觉，就好像我已经失去了你。

一阵倾盆而下的流星雨在静默的黑暗中画出无数明亮的细线：这是今早还在地球上的大石块重新坠回宇宙前的最后一次呼吸，同时也是成千上万即将消亡的物体联袂演出的焰火秀。我屏息凝神看着美景如斯，却连一个愿望都不敢许。

过了好一会儿，我发现多妮居然还醒着。

“我妈妈也是一颗流星。”多妮含糊地说了一句。

我觉得她很可能是对的。

这底朝天的世界还没过上一天，幸存者就已找到一致的交流之道：他们将白色的床单、窗帘悬挂在窗户或烟囱上，来告知他人自己还活着。他们利用交织的绳桥和走道，通过整齐划一的构筑方式创造了第一个独立的连接，并在随后的日子里将它迅速延伸成一张巨大的蜘蛛网。

我本打算将多妮送去她亲戚家，但这个希望很快破灭了。当我问她爸爸住哪里时，她回答说：“在奶奶那儿。”

“在奶奶那儿？”

“是啊，爸爸妈妈经常因为各种事情吵架。爸爸说他为了和妈妈在一起不得不放弃了一切，然后妈妈就说‘噢，又来了’。接着他们开始冲着对方大吼大叫。就这样，爸爸去奶奶那儿住了。”她沉默了一会儿又加了一句，“奶奶家也翻转了吗？”

我感觉自己的胃开始绞痛。“你知道奶奶住哪儿吗？”

“奶奶住在需要开车去的地方。”多妮回答说，小手使劲地拽着她弯曲的小马尾。“但我不想去那儿，因为奶奶也会吼妈妈。”

“那你想去哪儿？”

“我想要妈妈。”

我发现多妮已经跟我一样无依无靠了。我们需要相互支持。

“那你就跟着我吧，”我建议道，“一路上，我们一起努力找你妈妈。不过你得帮我做件事。”

“什么事？”多妮问道。

我把那个汽水瓶递给她。多妮小心地抓着瓶子，仿佛它承载着整个世界的重量。她瞪大眼睛盯着塑料瓶内，而泡泡也同样睁大眼睛看着外面。那一刻，金鱼跟女孩之间仿佛交换了什么意义重大的信息：她想见到妈妈，与泡泡想见你似乎变成了一码事——但诚实地说，想见到你的其实是我。多妮的小脸笑开了花，露出一口残缺不齐的牙齿。从那以后，多妮便与泡泡形影不离。如果泡泡饿了，她会从瓶口撒入鱼食喂它；如果泡泡渴了，她会往瓶子里加点水；而如果泡泡缺氧了，她就会用稻秆往水里吹气，直到泡泡恢复活力为止。

在世界末日之际，我们每个人都需要紧紧抓住某些东西来支撑自己。如果不紧紧抓住，就只能放手。一旦放手，我们就得去宇宙中寻找属于自己的轨道了。

因此我现在把运动场的围栏抓得很紧，丝毫不敢放松。我们一路爬过走廊的消防门，越过“木桌桥”，最终来到这个位置。出来之后，脚底的万丈深渊带来的强烈恐惧感居然让我在栏杆上踌躇了数分钟。我被卡在中间进退两难，感受着自己的发丝在风中飞扬。当多妮柔软的手触碰我时，我甚至只敢往上看。

“你不用害怕。”她说道，并在我面前晃了晃小背包里的金鱼瓶子来激励我，“这底下压根什么都没有。”

这不仅是这小家伙说的最真实的话，也是最寂寞的话。那一瞬间，脚底的深渊居然失去了威慑力。它仅仅变成了一个障碍，成了我用绳子将多妮放低或者拉高的众多障碍之一。我们熟练地操作阁楼的小梯子，一寸寸地往公园边界挪动脚步，最终到达路边那排柠檬树的第一个树冠。尽管很多树杈已经被坠落的车辆剐断了，但利用梯子还是可以轻松地在树木和窗台之间穿行。

我们曲折地向前移动，头顶上方的公路上悬着一个破开的大地洞，电缆和排水管从中散落出来、像死人身上的脉络与骨头一般令人不寒而栗。每一步都让我慢慢接近你，却也让我感受到你残酷言语中的刺痛——那条对我而言“充满希望”的短信：“泡泡还在你那边，我明天过去取。”

“嘿！你们好啊！”

在一栋阁楼的天窗下方，挂着一个用家具临时搭建起来的木制平台。有个矮小的秃顶男人坐在安乐椅上，旁边的木板上放着热水瓶和一杯热气腾腾的咖啡。我们的目光转向他时，他正冲我们挥舞望远镜。

“救援队已经在路上了！”他喊道，听起来非常友善。

“真的？”我问，一团希望之火瞬间燃起。

那男人竟爆发出一阵笑声。“当然不是！我还以为你是救援队的呢！”他拍了一下大腿，然后抿了口咖啡，“从我这儿观察到的情况来看，事态不是太乐观啊。”

我叹了口气，不过能跟一个成年人说上话，倒也感到些许欣慰。“你觉得这是怎么一回事？”我用手比画了下周围，大声问他。

“我怎么会知道！”那个家伙嚷道，“以前地球会紧紧抓着我们，但现在她不这么干了！没有网络，没有信号，没有任何消息！昨天晚上我隐约听到市区传来扩音喇叭的声音，但离得太远，听不清楚在说什么！传言说下面已经有人开始制作绳桥跟其他工具！还有很多的食物，什么七七八八的！搞不清真假！你们也只是我今天看到的第二组人！第一组人爬到街道的尽头，结果还是不小心掉了下去！”他停了一会儿，又补了一句：“我们完蛋了！”

“那你怎么打算？不试试往市区里走吗？”

“孩子,你听着！”他冲我喊道,“我这辈子都住在这儿！据我所知，我是唯一一个看着这条街建造又被毁灭的人！你觉得我会离开吗？”

旅程的第二天，我们看见受伤的人们躺在天花板上，一只手压着窗户，另一只手摇晃着窗帘，乞求救援。

第三天，我们发现一条打着结的床单在飘窗外面晃荡，房子里面的人已经离开去寻找坚实的地面了。

到了第四天，我的心沉了下去。因为时间在一分一秒流逝，而我们的进展却太过缓慢；因为我太想你；因为我发现关于这场大灾难的所有正常或者离奇的推测都毫无意义。我们在大桥背面爬行，现在在河水底下休息。桥面大部分已经脱落，但钢筋结构依然完整，还有一部分混凝土板残留在桥塔上。不管你信不信，河水居然还留在地表，就如同液态铅一般流过地表的“天花板”，这样的画面还真给了自然法则一记响亮的耳光。不过在地表隆起的地方，河水就会落下，形成一片随风飘散的水雾，就好像河面本身才是重力翻转的那个平面。

“河水为什么不会掉下来？”多妮问我。

我想回答说“我觉得这一切就是地球在要我们”，但正要开口时，一架滑翔伞突然猛地冲过河流与桥梁之间，将多妮带倒。在她跟泡泡即将跌落桥梁的一刹那，我伸出手抓住了她的小背包。那个飞行员呐喊着，在我们下方盘旋了一段时间后，正对着我们冲了上来。在就要撞进桥梁的最后一刻，他将机头猛地抬起，然后慢慢减速直至平稳地飞行在桥背面上方。最后他晃晃悠悠地着陆并停了下来，身后拖着三角形的机翼。“救援小分队，听候差遣！”飞行员说道，“孩子与女士优先，谢谢！”

“飞得……很霸气。”我结结巴巴地吐出几个字。

“谢谢夸奖。”那家伙一边说，一边解下自己身上的装置，“这属于市政服务，是搜寻幸存者并把他们带到疏散中心的唯一途径。”

“居然有疏散中心？”我表示怀疑。

“在市政厅的地下室。”

“我们市还有这种……能飞的玩意儿？”

“实际上有三架。”他露齿而笑。“你有看到我的助手吗？不过可能他们还没来到这边。”他在多妮面前屈膝蹲下，然后抓住她的小手。“你好啊，小家伙。想不想下去飞一飞？”然后他看着我，“抱歉，小孩优先。这是规矩，我等下再回来接你。”

多妮的目光转向我，带着被遗弃的表情，眼神里透着孤独与无助。她眼睛里的某种情绪警醒了我。这事儿不太对劲。

“这不危险吗？”我问他，试图拖延一些时间。

“上升的热气流会托着它飞行。”飞行员说道，然后直起身子，手移到多妮的背后，“这跟热气流上升以及相关的破理论有关。现在整个世界都翻转了，到处都是热气流。飞行中你真正要避开的，是那些时不时掉下来的玩意儿。”

“那你在哪里降落啊？”

“桥梁、屋顶、有降落台的机棚……甚至树都可以，只不过它们会把机翼弄坏。”

“我是说，在市政厅那边……”

“我的天，你看！”他没搭理我，转身面对流经我们头顶的河流，一动不动。“太神奇了，就跟魔法一样。”他脱掉背带，接着开始剥衣服，看起来像是要去游泳。突然间我明白了。其实压根就没有什么疏散中心，也没有市政救助小分队，更没有什么规矩。这家伙是个飞行的掠食者。他如同鹰一般在四周盘旋，并且发现了他的猎物。他会带着多妮飞走，但不会有人回来接我。

他脱得只剩内裤，然后沿着桥塔的金属框架向河流爬去。他大可以慢慢享受，因为他知道我们无路可逃。在这个危急时刻，瓶内的泡泡突然从水里跃起，溅起一片颇具启示意味的水花。我跟多妮心领神会地对看了一眼。须臾之间，我钻进飞行器并系紧绑带。另一边，飞行员已经抵达铅灰色的水面，然后小心地举起胳膊。我对多妮疯狂地打着手势，催促她尽快准备好。飞行员的手滑入水面……河水即刻沿着他的手臂缓缓流下，形成一条细流。

“太棒了……”他自言自语道，不过很快他就扭头发现了我们。“喂，你们他妈的干吗呢！”他大声吼道。

“抓紧了！”我大喊，一把抓起多妮甩到背上，多妮的小胳膊立刻环住我的脖子。接着，我扯住钩环固定好自己跟多妮，希望裤子上的绑带能支撑住她。这时飞行员已经跳下来并疯狂地在我们身后追赶。我抓住滑翔伞的框架，闭上眼睛，屏气凝神往前狂奔，一个念头在脑中一闪而过：那些钩环钩对位置了吗？来不及多加考虑，我们就直线坠向大桥，疯狂地旋转下降。

我猛地一拉，伴随一阵昏眩的空降，整个世界仿佛都变小了。滑翔伞自行调整姿势后，我们飞了起来。我放肆地尖叫，突然意识到自己从来没有飞过——没有坐过飞机，也不曾像这样背着机翼飞翔。那个飞行员还在桥上咆哮，但已经逐渐远离我们的视野。而多妮呢？她没有尖叫，只是紧紧地趴在我的背上。她用小手蒙住我的眼睛，自己却兴奋地四下张望。

如果飞行条件满足的话，操控滑翔伞并不难，难的是寻找合适的地点降落。

我一开始比较害怕飞在距离地表稍远的地方，但是熟练之后却发现其实很简单，因为屋顶间的火焰形成的热气流和浓烟会不断地给机翼施加升力。我站在吊带上将重心前移来拉低滑翔伞，避免迎头撞在地球上。飞行了一段时间之后，我终于可以随心所欲地调整重心来操控机翼。

“不是你的问题，是我的问题。”

听到你说这话之后，这还是我头一次感受到别样的情绪席卷全身：自由的感觉。至少在这一刻我强烈地不想做自己，强烈地渴望去往别处。

过了一会儿，一群大雁排成“人”字形跟在我们后面。它们突然出现，让我非常好奇它们的来处。我就一路向你飞去，而大雁们也挥着翅膀跟随。

眼下，这颗末日的星球正散发着无与伦比的魅力。

一路上，我们看到一对对情侣相互依偎在树上；也看到孩子们用晾衣绳在窗户间互相传递小零食跟小纸条；还看到人们在自行建造的杂乱走道上问路寻人，构筑着一个新社会的脐带。又飞了一会儿，我们已经将城市抛在身后，目光所至只有无尽的森林。树木的枝杈都无力地垂着，叶子纷纷飘落，掉进大气层的无底深渊。这一切看起来，就好像是地球正在滴落绿色的眼泪。

就在我们距离你的住所已经不远时，多妮突然指着前方说道：“我们可以去那里找我妈妈！”

悬挂在我们面前的是一个长得似乎望不到头的绳梯，在燥热的微风中轻轻拂动。我们慢慢靠近，居然发现上方有一辆大篷车被大铁链牵着挂在地表，而这个绳梯就悬挂在它的天窗上。杂乱钉在一起的木板走道将其与一间颠倒摇晃的房子连接起来。大量的亚麻绳子从那房子里输送出来，如蜘蛛网般不断地移向那辆奇怪的大篷车，看起来好像里面有台永动机。

我绕着绳梯盘旋了几圈，最终决定降落在房子附近的苹果园里。细长的树干，繁茂的枝杈，周围是一圈较低的浓密树冠：在这样的条件下，要能安全着陆那就算运气好，但我估计这是我们能找到的最佳着陆点了。

"紧紧抱住我，"我告诉多妮，"无论如何，千万别松手！"

紧接着，伴随身边震颤的气流和嗖嗖的风声，我们冲了上去。所到之处，枝杈甩动，树叶纷飞，受惊的鸟儿倾巢而出。机翼在冲击下折断并撕裂，然后猛的一下，扭曲的框架被树杈穿透，迫使我们突然停了下来。千疮百孔的滑翔伞再也禁不住折腾，最终解体散落。我们穿过一团充满腐烂苹果气味的恶心气穴，摔落在那层树冠上。我丝毫不敢犹豫，急忙抓住一根树干。

大篷车上的一扇窗户突然打开。接着，一个看着比地球还老的虚弱奶奶探出身来。

"我的天哪！"她喊道，"你们还好吧？"

"我……觉得还……行"，我呻吟着，憋出了几个字。

突然间，多妮从我的背上滚落下去，挂在苹果树下晃荡着，看起来惊魂未定。真是多亏了她腰带上的挂钩！我赶紧将她拉上来，解开腰带然后把她放在树冠上。谢天谢地，我们居然活了下来！代价只不过是划破了的衣服跟几个血口子。

“快进来吧，”那奶奶说，“你们俩应该需要来一杯热茶。”

过了一会儿，我们拖着脚步穿过晃晃悠悠的人行桥——桥被固定在深深钻入地底的大挂钩上——向那辆悬着的大篷车前行。我们一步一步小心翼翼地向前，以免被沙沙作响的亚麻绳网缠住。刚一进门，我立刻被眼前的景象惊呆了。这辆大篷车几乎被亚麻填满。刚刚在窗口跟我们打招呼的奶奶正坐在安乐椅上将亚麻缠成粗绳。同时，另一个年龄相仿的老奶奶一边将粗绳打结做成绳梯，一边不断地往脚下的天窗送去。

“小心点，”第二个奶奶担心地提醒我们，“从这儿掉下去可不得了，你压根不晓得底下有多深。”

“他们当然知道，朱尼娜，”她姐姐接话道，“他们刚刚从底下上来。”

“但他们知道有多深吗？”那个小个头奶奶期许地看着我，我答不上来，只能耸了耸肩以示礼貌。“这才是我的重点，里昂尼娜，”她说道，一边坚定地打了个结，“没人知道。”

她们给我们沏了一壶冒着热气的花草茶。然后，那位叫朱尼娜的奶奶吃力地转向多妮，勤勉的双手并没停止工作。“你手里拿着什么呀，小甜妞？”

多妮害羞地前后扭捏了一番，然后把她的汽水瓶拿了出来。朱尼娜透过她厚重的老花镜片好奇地盯着瓶子，泡泡则透过薄薄的瓶身回望着她，眼神仍然是那么忧郁迷离。

“一条金鱼！”朱尼娜吃惊地喊了出来，“住这种地方也太委屈这小玩意儿啦！”

“太委屈它了！”她姐姐附和道，“那可是一条金鱼啊！瓶子里面放什么都可以，但放金鱼算怎么回事儿！”

“可以是杜松子酒……”朱尼娜说道。

“或者一封情书……”里昂尼娜补充说。

“反正金鱼肯定不行！”

“它就是一封情书，”我脱口而出，声音突然颤抖起来，“也许也算不上。好吧，说真的，本质上它就是情书。”没等她们刨根究底，我就把故事跟她们说了。我告诉她们你最后那句话是如何提前摧毁了我的世界，以及最后那通电话是如何给予我充分的理由将泡泡送到你面前。在这个不可能的世界里，你那不可能的请求算是能代表我爱你的最后一个不可能的象征。因为无论如何，至少对我来说，没有你的世界就没有意义，现在没有，往后也永远不会有。跟她们诉说这些事并不是一种解脱，我的心甚至没有感到一丝放松。当多妮用汽水瓶接住我的眼泪时，我才发现自己已经泪如泉涌。令所有人惊讶的是，对泡泡而言，那些泪水如同雨露一般，居然让它高兴地在水里翻起跟斗。

“可怜的小家伙。”里昂尼娜摇了摇头说。

“可怜，真可怜。”朱尼娜强调了一下。

“一条汽水瓶里的金鱼……”

“永远被困在狭小的圆圈内……”

“压抑又绝望的小圆圈……”

“你应该忘了她。”朱尼娜建议我。但我怎么可能放得下你？我如何能够放得下？我每一分每一秒都期盼着能拥你入怀，与你紧紧相依，只要抱着你哪怕一小会儿，我就能忘记这世界已经乾坤倒转；只要一小会儿，我的世界就能恢复正常。冲动之下，我将多妮紧紧搂入怀中，哀恸如同潮水来袭，将我吞没。我撕心裂肺地哭着，悲痛欲绝。不仅仅是因为你离开后在我心中留下的空隙，更是因为现在自己必须找其他东西将这个空隙填满；当一个人的梦想被剥夺，他就会拼命地坚守其他梦想，不管那些梦想有多虚无。

哦，苏菲。我好想你。

真的好想你。

“天下哪有不散之筵席，宝贝儿，世间万物都是如此。”朱尼娜将一只枯手搭在我抽泣起伏的肩膀上，劝道。

“你最好对世事变幻有心理准备，”里昂尼娜补充道，“那样的话，当那一刻来临时，也不至于猝不及防。”

“拿这世界举个例子。”里昂尼娜继续说。

“这个星球！”朱尼娜强调，“如果地球每隔一会儿就松手，你该怎么办？她就这么看着自己身上附着的东西，然后抖动身子把一切甩掉，你该怎么办？”说罢她抖了下身子。

“有心理准备是件好事。”里昂尼娜说着，令人不安地猛拉了一下从窗户伸进来的亚麻绳子。

“我们在……”朱尼娜证实道，“我们在打包行李！”

我的眼睛又湿又热，转脸盯着地板上的天窗，问道：“你们要去哪里？”

“晚上你都没看到那些划过的流星吗？”朱尼娜反问我，“这底下肯定很梦幻！”

“对，很梦幻，”里昂尼娜接话道，“那儿肯定有不可思议的美景。”

“那就是我们要去的地方！”

多妮凝视着汽水瓶，自言自语：“我妈妈也是一颗流星。”在两位老人家兴奋的感叹中，她细小的声音几不可闻。

那一刻突然安静了。“真的吗？”里昂尼娜问，“那太棒了！这意味着你可以许个愿呢，亲爱的小家伙。”

多妮兴奋地睁大眼睛，然后羞涩地扭动着小身板。“我可以……可以跟你们一起去吗？”

“当然可以，亲爱的！”朱尼娜说，“如果托比不介意的话……”

我沉默着点点头，强忍住几乎夺眶而出的眼泪。

“噢，亲爱的，”朱尼娜叹了口气，“你为什么就是放不下呢？”

“没什么事值得你这样啊。”里昂尼娜说。

接着，她摇着头说：“一只装在瓶子里的金鱼……”

那时，我已经不清楚我们是在谈论泡泡还是谈论你，抑或是谈论我自己，又或者，我已经分不清这些是否有差别。

当我挤进最后那棵橡树跟厨房窗框之间的狭窄过道，曾经发生在这里的一切如同粘在指尖甩不掉的蜂蜜般涌上心头。我记得自己被青春期的热恋冲昏头脑，为了不让你父母听见，隔着卧室窗户跟你说悄悄话；我也记得在沿着湖岸散步的清晨，漫无边际的闲聊过后，我抱着你跨过后门的门槛，肆意欢笑。尽管越来越明白你新编的那些故事不过是连篇的谎言，我依然迈着沉重的步伐前行，依然绝望地想要相信它们——谎言不就是用来填补空虚的吗？我不想让你活在空虚中。你离开我的决定堆积在我掌心，而重新考虑的权力就在你手上。

当我看到窗户上用白色油漆刷着的大字“救命”时，心顿时提到了嗓子眼。看来你还活着。你的房子颠倒着挂在那儿，变成了充满破碎记忆的废墟。但不管怎样，你还活着。

“苏菲。”

我站在还没散架的厨房天花板上，竖着耳朵听着房子内的动静。

然后，一阵声响传来。

“托比？”

有人在喊我的名字。

是你的声音。

我爬上门来到客厅。更多东倒西歪的家具七零八落地堆积在一起，几乎要触到下沉的地板了。你已经把天花板的中心位置清理干净，此刻你正安静地躺在沙发上。

“真的是你，”你对我说，试着坐起身子。

我略带羞涩地耸了耸肩。“当然是我。”

“我还以为你已经死了。”

我从背包中拿出汽水瓶然后将它立起来。“我把泡泡给你带过来了。”

你盯着瓶内的金鱼，然后用难以置信的眼神看着我。“但你是怎么一路从……”

我又耸了耸肩，然后你露齿而笑。

“你这家伙肯定是疯了，对吧？”

“你最了解我了。”

这是你的世界。

也就是我的世界。

你起身时我弯下腰将你揽入怀中，你竟然就在我的臂弯中，如同泡沫一般脆弱而真实。你生硬地推搡着，但我还是抱住你，躺在了沙发上。你散发着苏菲的香味——如此明显却又令人不敢相信——如此强烈又如此沉重，让我只能彻底屈膝投降。我才不管接下来会发生什么。这香味让我失去理智，其他一切都已经不再重要。我把脸埋入你的颈间，上瘾一般疯狂吸入你的气息，贪婪地沉浸在发现你的喜悦之中。我们就这样久久地躺着，以一种完美纯净的状态，亲密地纠缠在一起。

“都还好吧？”我问道，一边用温润的嘴唇亲吻你的耳垂。

“嗯，都还好。”你回答。内心最深处散发出来的热气冲入我的发梢，“我感觉膝盖断了，而且背疼得厉害。”

“当时你在床上？”

“床底下。”

“没事了，我在这儿。”我轻抚着你耳后轻柔的秀发和温热的脖颈，安慰道。

“托比。”

“嘘……”

“但是……”

“别说话，没事的。”

“一切都玩儿完了，对吧？”

我轻轻拉开一些距离，看着你的眼睛。“你给我打电话了。”

“对。”

“苏菲。”

你松开手挣扎着站起来，因为你不知道怎么面对我。但我扣住你的手说：“我想你，苏菲。”

“别说了。”一滴眼泪从你的脸颊滑落，“我非常担心爸爸妈妈。没有任何关于他们的消息。自从这一切发生，我就没见到一个人，连个鬼影都没有。你知道救援队会来吗？”

我的心开始凉了。“至少我来了。对吧？”

你久久地看着我。“很遗憾一切会变成这样。”

“我也是，”我回答说，“我更喜欢所有东西正面朝上的时候，那样大家见面就更容易一些。”

“托比。”

“对不起，”我的声音颤抖了，似乎期待着什么，“我只是不知道该怎么面对。现在一切都不一样了，对吧？那我们可以……”

“托比。”

“那我们就不能……”

“别这样，托比。”

我无法止住自己的眼泪。“我什么都可以改。”

“你不需要改变什么。”

“我一个人无法承担这一切，苏菲。”

“你肯定可以。”

“但是我爱你。”

还记得吗？这一次你也转开了目光，一如从前。你的眼睛如此深邃，仿佛里面是一个无底的深渊。我被你从身边剥离开来，不断地下坠，最后“嘭”的一声，摔在一瓶满是气泡、嘶嘶作响的眼泪中。你漠然的眼神如同一个漩涡将我拖入水底，越来越深。慌乱中，我猛蹬着双腿，挣扎着，茫然地想抓住光滑的塑料瓶壁。

“我爱你！”我试着大声喊出来。但我的爱却化作一串泡泡浮出水面，静默地绽裂。我滑动双臂冲撞瓶壁，力气却越来越小。瓶身标签背后的你看着别处，并没发现我即将溺死。我缓慢地打着旋儿沉下去，最终重重地摔在汽水瓶底部。

肺部已经灌满泪水，我奄奄一息地低声说道：“求求你……”

你说：“我需要时间。”

那一刻我突然冲出水面，大口大口地呼吸。我浑身湿透，不敢相信自己居然接受了这种谎言。力气稍一恢复，我就爬起来蹒跚地走出了客厅。

“你要去哪儿？”

“给你找一些阿司匹林。”我闷声答道。

“等等！”

但我已经穿过厨房，并没有听到你的声音。沿着栏杆往下，我来到二楼。一路上，我思绪烦乱，心想在经历过分手的那一切之后，在为了将泡泡带给你所经历的无数生死关头之后，在徒劳地守护着我对你的爱之后，在爬过这个濒死星球的混乱表面之后……你居然还需要时间？你以为这个世界还能给你多少时间呢，苏菲？

一不留神，我猛地跌倒在隆起的天花板上，脆弱的天花板发出“吱呀”的声响。但就算这房子现在倒塌，我也不会在意。可惜我连这种命都没有，因为我无法沉溺在自己的幻想中，注定只能坠入你给的冰冷事实里。

我来到卧室。墙上没有我的照片。我更愿相信它是摔碎在天花板上了，我从来没有这么想相信一件事。其他相框破碎地躺在天花板上：旅游照、全家福，还有你的朋友。我对他们都很熟悉。天花板上还有揉成一团的毛衣，那是我在巴黎给你买的。剩下的还有散落的西洋双陆战棋和折断的蜡烛，颠倒的床铺和碎玻璃，还有一尊佛像。就是找不到我的照片。

地球羞愧地转过脸去。

泡泡翻着肚皮漂在水面上。

在床上本该属于我的那一侧我发现了其他男人的运动鞋和手表我该如何描述接下来的一切又该如何继续下去我很疑惑自己的生活怎么会在我之外的人身上发生我不知道如果我真的知道了那只会让事情变得更糟在通向浴室的地上我看到

时髦的牛仔裤时髦的衬衣还有瓷砖上的血他肯定正在洗澡铸铁浴缸脱落并砸在他身上他口袋里的钱包里放着学生卡他叫汤姆什么的一个留着长头发的孩子这家伙真是完全符合你的口味浴室窗户开着真见鬼在你对他张开大腿的那些操蛋的晚上你对他做了什么你又对我做了什么?

回到楼下，我发现你从厨房的窗户探出身子，被错失机会后的懊悔压垮。你在哭。在我身下，顺着你的方向延伸而去的过道上，他贴着照片的身份证慢慢随风飘去。我面无表情地看着你。对，你需要时间。当然，我也理解你需要明白自己到底想戴上哪一张面具。我理解你想要一个更加清静的地方，没有承诺，无须忏悔。我甚至已经原谅了你的错误。你是我的世界。但现在，这个世界已经将自己隔绝起来。这一切太过理性，任何人都能一眼就看明白；这一切却又太过感性，不能用正常的逻辑去推导……包括你背叛了我却为其他男人哭泣的画面，以及那最终浮现并显而易见的事实——你的生命中已经不再有我的位置。

至于那条金鱼?

它配得上更好的生活。

在世界的底部，这一切就像梦境：倒悬的湖岸边，我坐在一根低垂在水面的大树枝上。我的脚悬空晃悠着，头顶上能看见自己反射在水面的倒影， 在升入地平线的夕阳照射下，它仿佛燃烧起来。我轻轻敲了敲汽水瓶，泡泡柔软的鱼鳍微微震颤了一下，然后它转过身来望向我。

“去吧，孩子，”我一边自言自语，一边打开瓶盖，“你自由了。”

我举起瓶子，将瓶口戳入湖面。密集的气泡汩汩滴下，在两端重力的作用下，气泡就这么漂浮着。泡泡的眼神中透出些许惊诧。我继续将瓶口上抬，最终把瓶子完全戳入水中并翻转过来。

泡泡也翻转了过来。它突然颠倒地游起来，欢快地从瓶子的一头窜到另一头。气泡渐渐消失后，我轻轻地前后晃动瓶子，直到泡泡终于发现打开的瓶口，好奇地盯着外面。

“去吧，”我拂掉滴在耳朵上的水，低声说，“你自由了。”

金鱼徘徊了片刻。突然，它猛地游了出去。它先是机警地环视四周，接着竖起鱼鳍，飞快地摆动起来，向更深处游去。

这便是告别了。再见，泡泡。我笑了，带着一丝悲伤。但当我从水中抽出汽水瓶，最终放手时，一种无言的满足感很快就将悲伤冲刷得一干二净。我一直看着瓶子坠落，最后消失在视线里。然后我站了起来。令人惊讶的是，我居然看到泡泡在水下透过我的倒影盯着我。它游回水面，伸出小嘴，荡起一圈圈波纹，就好像要告诉我一个秘密，我竟无法从它身上移开视线。为什么这家伙从我内心唤起如此多的爱？紧接着我就明白了。很显然，泡泡并没有翻转，翻转的人是我。这一切不过是角度的错觉罢了。

从另一个角度看，这个世界还如往日一样正面朝上。

我把衣服脱个精光，深深吸了口气。接着，我把头慢慢浸入湖水，冰冷的触感和“嘶嘶”作响的下沉气泡冲刷着面颊。我摇摇晃晃地抬起身体，双臂在水中挥舞摸索着，然后齐腰没入湖水。接着，我用力往上一蹬，湖水中的重力立刻托住我的身体，我像潜水者一样滑入了泡泡的世界。

我潜出水面，脚掌踩着水，开始放声大笑。我已经忘记了正常的世界是什么模样，尽管现在身体的位置就是重力原本的方向，但湿漉漉的头发却向上直立成数簇，滴落的水珠给宇宙下了一场小雨。

泡泡欢快地在我身边游来游去，像墨绿湖水中的一道橙色闪电。我潜入水中，跟它一起翻着跟斗，直到感觉自己的肺快要爆炸为止。每次我潜出水面呼吸，都觉得自己似乎变轻了一些。最后，我们一起用失而复得的正常姿态往湖心游去。我们肩并着肩，只有金鱼与我。

在那里，那个世界上属于我的小地方，我终于放手，让它离去。

我不知道自己一夜无梦，是因为没有流星，还是因为树冠上一簇调皮的嫩芽一直挠着我的背。第二天早上我醒来时，地球表面笼罩着一层沉闷的雾气。我的四周，目所能及的地方尽是一片灰茫茫。我很好奇这雾是从哪儿来的。一片死寂笼罩着地表，我发出的任何声响都悬停其中不愿散去，让我更深刻地意识到自己的存在。

回到那辆大篷车并没花费我多少时间，但是两位老奶奶跟多妮已经离开。地板上的天窗开着，绳梯的一头被绑在其中一把安乐椅上。我想象着朱尼娜跟里昂尼娜是如何拖拽着细软，一格格地往下爬，同时还不忘一刻不停地拌着嘴皮子，而多妮又是如何好奇地跟在后面。然后在某个地方，比星星坠落的地方再低点儿的位置，他们会碰到那个背着克罗格购物袋的女人。她会说："你猜怎么着？我正在找你们呢。"

我把脚伸出天窗的边缘，然后抓住第一个横档。绳梯在我脚下微微摇动，一路延伸直至消失在迷雾中。我深吸了口气，开始闭着眼睛往下爬，就像在梦游一般。晨露沾湿了我的睫毛。当我重新睁开眼睛时，地球表面已经消失在视野中，只能看见大篷车朦胧的轮廓。很快，轮廓也看不见了。

迷雾中，我现在孤身一人。

现在，你是否想起了我？如果你看到我往下爬，你是否会好奇这个绳梯最终通向何处？不过我可以告诉你，这根本不重要。重要的是你走过的路以及经历过的旅程。一旦你意识到这一点，放手离开就会变得更简单。

我觉得自己想让你明白你把我伤得多深，苏菲。现在我沿着绳梯往下爬，去寻找自己脚下坚实的土地。这个旅程肯定不简单，对于可能在底下发现的事物，我也心存恐惧。但我还是闭着眼睛继续往下爬。有时候绳梯会突然摇晃起来，我就想象是你跟在我后面，就在迷雾上方的某个位置。但也许这只是风在捣鬼。然后，我发现自己已经不在意了。我不过也只是某个人而已。

在这底下，我们都是划过天际的流星。

（黄晖 译）

# 长椅和星光

De bank en het sterrenlicht

有些事情是不可避免的。

比如月亮春天从峡湾的另一边升起，

秋天从通往哈当厄尔高原山脉的山坡上升起。

比如四月里融化的雪在水槽中有规律地敲击，预示着夏季的来临。

在莫尔布附近的杨戴斯科森林中，有一块没有任何道路可达的荒地，那块荒地上生长的灌木丛只有膝盖那么高。有条长椅就在那里。没有多少人知道那里有一条长椅，更少有人知道它为什么会在那里。那长椅掩藏着一个秘密，那秘密要比挪威的极夜更加黑暗。它和莫尔布的灵魂有着千丝万缕的联系，而我是少数几个可以告诉你这个秘密的人之一。我们九年之前在那里执行了一项任务，有机会瞥见了人性的阴暗，而这……难道这不会让人类变得比传说中的鬼怪更黑暗可怖吗？

这循环将一直往复轮转，并且将会再次达到峰值。

我们无法阻止它发生，并终将成为它的奴隶。

我们预见了它的发生，它无情地将我们卷入了故事当中。

是我们让它发生的……那是那两者造就的苦果。

我会再次看见这条长椅，也许就是在不久的将来，因为我家族的血液仍然粘在我的手上。虽然没有人谈论它，但我们都知道，它很快又会到来。我们都感受到了来自那森林里的恶魔的吸引力，那是仲夏夜聚会的守护者。

我们都听到了星光的召唤。

我叫亨德里克·安斯内斯·富亚兰森，我从不相信童话。我很清楚它们并不存在。我的祖父教会了我如何从本质上辨清童话和现实，那就是，童话最终总会有一个美好的结局。它们意味着对现实的隐喻，但同时也形成了不可否认的矛盾，因为现实远比人们所能容忍的要黑暗得多。人们在互相讲述着童话时，甚至不需要过一过脑子。他们用虚假的镜像欺骗着自己，告诉自己说，尽管要经受那些痛苦的考验，但最终这故事都会老套地结束："从此，他过上了幸福美满的生活。"这是虚假的希望；童话就是充满隐喻的谎言。

你可以把我必须说给你听的这个故事，把那些关于我的部分，当作一个童话。

我的上帝啊，当我回想这个故事的时候，我也开始怀疑，这是不是也是一个谎言，为了掩盖我们所做的一切。

因为我的祖父说的没错：真相总是比它黑暗得多。

我的第一次经历是在1961年的时候，当时只有一条公路通往莫尔布，人们更愿意从艾菲约德乘坐一周一次的渡轮来这里。那时我三岁，有人曾说，当你到了二三十岁的时候，你最早的记忆就只能追溯到你五六岁的时候，但是我仍然记得那晚发生的事，就好像是去年刚发生的一样。那是我的教父缇和利特叔叔去世的那个夜晚。在那个年纪如果家里有人离世，这记忆会萦绕着你的童年，甚至未来。因为直到现在，我仍会突然从梦魇中惊醒，看见我母亲的双眼就在我的眼前，灰白的、恐惧的双眼。她靠向床板，弯腰挡住了我和艾瑞克，遮挡着身后的东西。我有时能听到外面轻声的抱怨，还有不间断的门窗的敲击声。于是我就会在好奇心的驱使下，感受到一种难以言状的渴望。我想要打开门看一看是谁在那里，让他们进来。我的母亲把我压到床上，然后用一根拉紧的皮带把我和她绑在床垫上。

但她的身体并没能挡住所有在我眼前出现的东西。我听见了呼喊声，然后看见了客厅里站着的人们，他们手里拿着火把，脸上布满了恐惧。然后有人尖叫起来。是索菲娅阿姨。我的母亲突然转过身来，透过她的身体，我看见我的父亲抓住了索菲娅阿姨的腰。缇和利特叔叔站在门口……门开着。门外的钟声停了下来，然后传来了更多的惊叫声，但是一切都太晚了：缇和利特叔叔走进了夜色之中，就是这样。第二天举行了葬礼，每个人都穿着黑衣，阴沉而悲伤。再也没有人见过他，除了我之外。

我每次都会在噩梦中再见到他，而我看见的是他站在门口，即将被吸进那夜幕中时，眼里恐怖的神色。

缇和利特叔叔是存在于我童年时代的幽灵。

当然，我那时并不知道到底发生了什么，我是后来才知道的。如果人可以永远不要长大，永远不要知道到底发生了什么，那么一切就会变得更容易承受，世界也可以变得更美好。那么童话就会存在，并且不是对阴暗面的隐喻。

那晚的恐怖被掩盖了起来，过了一段时间之后，我把它埋在了意识深处，它被掩藏了十一年。生活还要继续。我渐渐长大，而每次我满身冷汗从噩梦中惊醒时，仍会又一次忘记这些场景，只记得做了一场关于缇和利特叔叔去世的噩梦，却从来不记得做过关于这个夜晚的噩梦。

我拥有一个相对快乐的童年，没有什么特别的，就是一个来自挪威山区的男孩的平凡生活。可能很多人会觉得我们这里隐蔽而神秘，就像春天下雨的天气里，水面上漂浮的薄雾那样。但是我们活得很好，我们的社区。莫尔布由五个大家族组成，一共有大约两百个居民，这数字只会因为有人出生或者死亡而上下波动。莫尔布地处艾菲约德北部的边缘地带，尽管柏油路在 1979 年就延伸到了这里，但是我们在很大程度上仍维持着自给自足的生活。我的祖父有一个小伐木场，这个伐木场后来由我父亲继承，而后遗留给了我和艾瑞克。村庄上方的山坡上放牧着老欧雷 · 劳伐雷德家的羊，天气好的时候，你可以在峡湾看见索尔海姆斯渔业的渔船，而到了 8 月，就是我们收获的时节。

不，我们的生活并不糟糕。虽然我小时候可能没有卑尔根或者奥斯陆的小孩们拥有的那些机会，但是我也从没觉得需要离开这里，就像我的祖先一样——已知最早的富亚兰森家族的人可以追溯十六个世代之前，那是好几个世纪前。不过，对啊，我们为什么会想离开这里呢？教会的牧师教导我们长大成人，然后……生活教导我们，哺育我们成长，然后让我们成为它的一部分。我是大自然的孩子，我生活在自然的天堂。我爱这个峡湾，我爱这森林里的薄雾，我爱杨戴斯科山上的瀑布和它后面的冰川。当我和艾瑞克自以为年纪足够大的时候（有可能那时候我们其实还很小，但是父母没有阻止我们，因为他们也曾是这样的年纪），我们独自在森林和苔原中穿行，只有我的狗佩莱陪着我们，然后我们发现了我们家园的所有秘密。从村庄上方的山顶看得见雄伟的哈当厄尔高原山脉，令人叹为观止。虽然森林里没有道路，我们却仍知道回去的路。

就是在某一次那样的旅程中，我第一次看见了那片灌木丛中的长椅。那是在六月里晴朗的一天，它静静地矗立在阳光之中，但是你却着实能感觉到有什么奇怪的地方。那时我十四岁左右，我的哥哥差不多是十七岁，我们都是跑步爱好者。根据太阳的位置来判断，当时应该已经到了下午。这意味着我们已经走了一整天，离家很远了……而为什么在这片远离人烟的荒地上会有这么一条长椅呢？谁又会来这里休息？

佩莱兴奋地吠叫着跑向它，我们小跑着跟着它。长椅四周杂草丛生，到处都是覆盆子和一些别的灌木。我们走近了些，看见那座位是巨大的树桩做的。弯曲的胡萝卜组成了扶手，粗糙的、镂空的树皮形成了靠背。在阴暗处的木头上生长着巨大的蘑菇，座位和扶手上都覆盖着一层美丽的青苔。我们笑着坐了下来，嬉笑打闹着，在地上翻滚，佩莱也高兴地吠叫着，不停地嗅我们。这长椅的出现很神秘，因为它一定是人为建造出来的，但看起来却像是大自然的产物，是直接从地上长出来的；但对于我们来说，这就只是像童话一样。

在那之后我的记忆缺失了一段。我们一定是因为走了太久而累得睡着了。我只记得我睁开了眼睛，看见自己躺在长椅上。我身下的苔藓轻抚着我，无比柔软而舒适。艾瑞克躺在佩莱旁边的地上，头枕着肩膀，靠着树桩。他已经醒了，指着远处。是他叫醒我的吗？树桩后面，在树林边缘的斜坡上站着三头驯鹿。它们看着我们，我们也看着它们，我感觉我们之间进行了一种难以言状的，几乎是心灵感应一般的沟通。可能那只是一个梦吧——谁知道呢？驯鹿拥有漆黑的双眼，我们周围弥漫的平和安详的气氛是如此强烈，所以我再一次昏睡了过去。

再度醒来时我又饿又冷，昏昏沉沉的，感觉我的手支撑着潮湿的苔藓。但这触感一点也不好，它又滑又黑，冷得刺骨。我吃惊地发现天空已经呈现出日落之后的紫色，我们周围的森林也暗得只见一团漆黑。我不禁发出一声轻呼，唤醒了佩莱，它惊异地抬起了头。

我赶紧叫醒艾瑞克。我们责怪着彼此，也责怪着自己——老天啊，我们怎么就睡了这么久？我们爬了好几公里的山，身处森林中央！很快我们意识到，我俩都记不清我们在这个长椅上休息了多长时间。这个念头吓坏了我们。还有更可怕的——当黑暗笼罩了四周，一切看起来都变得不同了。现在应该已经很晚了，因为在这个时节，傍晚没几个小时。过不了多久，天色就会完全暗下来。一想到回村庄的路要穿过茂密的森林，甚至可能我们根本找不到回去的路，我心里极其恐慌。我们走的是一个平时从没走过的方向，而且是偶然中发现这里的。但是真的是这样的吗？在一片荒凉的森林里，有这样一条看起来很古老的长椅，我突然觉得这似乎不会毫无意义。同样，我们有那么多地方可以去，却偏偏来了这里，也不会毫无意义。

“为什么佩莱也没醒过来？”艾瑞克嘀咕着。他吹了声口哨叫来了狗，抓着它的项圈捉住了它。我向他俩走近了一步，这样我在黑暗中能觉得不那么冰冷和裸露。“早就过了它的晚饭时间，它早就应该醒过来的。”

在森林的某个地方响起了动物的嚎叫声，我们紧张地看着那个方向。

然后艾瑞克说了一句我情愿没有听到的话：“我也不知道……但我总觉得好像是有什么东西特意让我们在这里睡着了似的。”

我汗毛直立，我宁愿待在这世界的任何一个地方，只要不是这里。第一抹星光照射下来，长椅冷笑着看着我们，覆盖着苔藓的扶手似乎也不再温和柔软，而是像一节节的骨头。

有什么东西从我的小腿上流了下来。

“佩莱，你去……”我转过身，看见佩莱站在艾瑞克身边。它不安地看着我。

我转回身去。再度转过身的时候，艾瑞克惊恐地看着我。他刚要开口说话，佩莱就轻声咆哮起来。艾瑞克弯下身，安抚着它。

就在这时，我耳朵里突然充斥着各种轻声细语——声音毫无缘由地从四面八方进入我耳朵里。我抬起头来，又一次感觉到了那种柔软的触感，它用一种温柔的、近乎色情的方式，熨烫着我的背部，让人兴奋，同时也使人不寒而栗。当艾瑞克转向我的时候，他似乎被吓到了。后来他告诉我，我当时看起来面色发青，也就是从那个时刻开始，他真正感到了恐惧。

“我们快离开这里。”我低声说。艾瑞克轻轻点了点头。

正是那个夜晚让我从男孩变成了男人，而不是一周之后发生的那些事。我们这些来自山区的男孩生活在一个需要很快长大的社区里，不能享受作为孩子的那些奢侈的优待。所以当我在杨戴斯科森林的某个地方告别童年时，我才刚十四岁。这并不怎么重要，或者说我已经不太记得了。

我们走到了这片荒地的东南边，走出边缘没多久就陷入了完全的黑暗之中。我们感受到了一种真切的威胁——有人曾在那里，有人或者有什么东西曾经存在于那条长椅中。它引诱我们过去，然后让我们陷入了沉睡，就是为了等到夜晚来临。而那就是现在。它依然在那里，在那片荒地上；它也在这里，在这片树林里。

因为在这树林里，在这伸手不见五指的黑暗中，我再次听见了那些轻声细语。

我想要停下来仔细听一听。也许那只是普通的树枝断裂的声音，或者只是风吹过树顶的沙沙声？我的理智告诉我必须继续往前走。如果那里真的有什么东西，我不应该去探寻。那里绝对什么都没有。我们必须回家，赶快回家。

艾瑞克的声音唤醒了我。我浑身一震——他的声音怎么会这么沙哑，这么遥远？我转过身去，看见艾瑞克站在几米之外下坡的阴影里。“快回来，你到底在干什么！你不可以就这么站着，不能在这里就这样站着！”

我恐惧得全身发冷。因为我知道艾瑞克说的不对，我没有停下脚步……我被转过了身，却没有意识到自己走了相反的方向。

我的心怦怦直跳，我匆匆走向我的哥哥。我不敢看向他，只对着他说：“你也听到了，对吗？”

“我什么也没有听见。”他简短地说，然后继续往前走。但是他的声音听起来瑟瑟发抖，而且他开始走得越来越快。我精疲力竭，饥肠辘辘，惊恐万分，并且意识到艾瑞克也是——这对我来说是一个很可怕的信号，因为艾瑞克从来也没有疲劳或者害怕过。佩莱似乎也感觉到了。它异常安静，只偶尔跳起来闻一闻树根和灌木丛。我唯一感觉到的希望是地形在下降，至少这意味着我们选择了一条正确的道路。

我抱着这个希望走了很长一段时间，越来越陷入一种难以言状的恐慌之中，这恐惧几乎要把我逼疯了。我感觉四周都传来各种轻声细语。艾瑞克越走越快，我在他身后摔倒了，觉得自己的腿已经像老人的腿一样。“艾瑞克，拜托……”我哭了，“这树林里到底有什么？为什么我们不知道我们什么时候会睡着……”

“这里什么也没有，”艾瑞克嘶声道，“可能你有时候会听到点什么，但那只是……”

他说到一半停了下来，仔细地听着。我只听见我啜泣时的吸气声——不，还有一点别的东西，是从黑暗中传来的，从我们走过来的方向传来的。一阵柔和却不祥的吟唱，至少听起来是那样。一阵从森林里传来的、回荡的女声。我从没听过比这吓人的声音。

佩莱在黑暗中盯着我们身后的某处，低声咆哮起来。

我紧张地看着艾瑞克。“这只不过是风。”他低声说。

这时又有一个声音开始吟唱，然后又有一个。左边，右边，到处都是。

然后艾瑞克开始往回走。

那一刻我感到恐惧无比。佩莱大声吠叫起来，我也大喊着哥哥的名字。但是他就像被催眠了一样，什么也没听见，于是我惊恐地追着他跑起来。和之前让我们陷入沉睡的东西一样，和之前试图引诱我的东西一样，那东西现在也引诱了艾瑞克。我知道我不可以往那个方向看，否则我也会被它掌控，迷失在这里。我尖叫着抓住哥哥的肩膀，冲着他大喊。他似乎从昏迷中醒了过来，停下脚步。看见他脸的瞬间，我的恐惧达到了顶点，他看向黑暗中的某一个点，轻声说：“那是什么……”

他看见了一些东西，而我也从他眼睛的反光中看见了那东西。

然后我们都跑了起来。几小时之后，东边的天空渐渐泛白，我们终于靠近了村庄，精疲力竭，却还在奔跑。我们没有再说过一句话，哥哥的脸看起来没有一丝生气。我已经不太记得那个在树林中度过的夜晚，但我仍然清楚地记得，当我们哭着回家的时候我父母的反应。更多的人聚集到了我家里。我看见了祖父，我看见了拉尔斯叔叔，我甚至看见了村里的牧师于勒·哈勾斯先生。我本以为他们会因为我们所做的事情而愤怒，但是在火光的映照下他们的脸上都是忧虑的表情。母亲把我们紧紧抱在怀里，父亲问我们有没有受什么伤。我一句话也说不出来，只能一直哭着。我不知道艾瑞克是不是能说些什么。我看见于勒·哈勾斯把头伸向屋外，看向曙光。然后他回过头来，冷冷地看着我的祖父。“你说的没错，又要发生了。”

我不知道他是什么意思，我也不想知道。之后的一星期里，也就到6月25日之前，我们最远只能去欧雷·劳伐雷德家，不准去更远的地方。

在那个星期里，莫尔布的教堂钟声总是频繁地响起。

在杨戴斯科森林发生了那些奇怪的事情之后，我的祖父告诉了我们长椅和星光的故事。我们在锯木厂后面撞见了他，那时他正在砍木头。云朵低悬在峡湾的上空，雨水的气味和刚砍下的木头碎屑飘浮在空气中。

走在去祖父家的路上时，我对艾瑞克说：“你看见了，是吧？你看见了什么，在那个树林里？”这是那次之后，我们第一次公开谈论它。那天晚上的细节我们没有告诉任何人，但让我感到惊讶的是，我们好像也不需要说……他们好像都知道发生了什么似的。尽管如此，我们仍然几乎不敢看对方的眼睛。但是作为兄弟，很多事情不用说出来我们就能互相明白，所以我们一致决定要把故事告诉祖父。

“我什么也没有看见，”最后他说，“我只是听到了，就和你一样。”

“骗人。”

“听着，臭小子，我什么都没有看见，知道了吗？”

我没有再说话，我知道他在说谎。在我们身后，教堂的钟声响起，树林在右边诱惑着我们。

这是一个循环，我的祖父说。这是一个持续了几个世纪的循环，大概从北方的土地上有人开始就存在了。任何试图打破这个循环的尝试都会戏剧性地失败。他说，有些事情既然存在了，就不应该打破。有些事情是不可避免的，比如四月里融化的雪在水槽中有规律地敲击，预示着夏季的来临，再比如月亮春天从峡湾的另一边升起，秋天从通往哈当厄尔高原山脉的山坡上升起。你要把它看作自然的过程，看作固然存在的、不可改变的自然循环。

每隔几年的仲夏夜里，就会有一场对星光的献祭。你永远都不知道周期的下一个峰值会在几年之后到来，但可以肯定的是它一定会到来。有时是在几十年之后，有时候只过了一年，但不管是早是晚，一定会再次到来。

那是夜仙子们，我的祖父说。传说它们自古以来就居住在杨戴斯科森林里，是星光的守护者。当奥斯陆还只是一个小村子，卑尔根还根本不存在的时候，第一批到艾菲约德定居的人就知道它们。由于各种原因，富亚兰森家族的血脉和祭品相连，满怀敬意地归顺服从。莫尔布的创立者们向自然的循环屈服了：富亚兰森家族注定要定居在杨戴斯科森林的山脚下，回应仲夏夜里每一次对星光献祭的召唤。

这传说是不是真的，局外人是不会知道的。但是当祖父告诉我们的时候，我无法把它只看成一个传说，不仅仅是因为我们在过去几天刚刚经历过的事情。可能你会觉得很疯狂，但是如果你和我一样，长期生活在雾霭弥漫的挪威山谷里，你大概可以明白我的意思。你会知道天地之大，远比我们肉眼所见的更辽阔。还有更多我们相信或者至少听说过的传说，每当它们适时地出现，我们就会把它们当作证据。

不论如何，事实就是当周期接近峰值的时候，森林中的那个地方就会像磁铁一样吸引村民，所有人都感受得到。然后，在夜晚最短的那一天，夜仙子们就会从森林里出现，用她们充满欺骗性的吸引力把受害者引诱到长椅那里，就是我们在三天前停留过并且睡过的那条长椅，然后受害者就会在那里牺牲。每一次都是一个富亚兰森家族的人。每一次都有预示。而且每一次都无可避免。

夜仙子。对我来说，它就和很多其他的概念一样，和很多我所知的我们国家的传说有关。巨魔、自然神灵、空中的雷之军队、峡湾上的坚守者——我们也有神灵和烈士。尽管如此，我并不确切地知道夜仙子是什么，虽然我的祖父告诉了我那样的一个故事。它叫夜仙子，听起来既轻柔又甜美，但没有什么比这更虚假了。据我的祖父说，它们从森林中来，有着幽灵一般的女人的模样，沐浴着星光，在空地上和瀑布边舞蹈。它们很少有意识地去做什么坏事，但是它们会不惜一切代价去执行自然赋予它们的任务，如果受到了阻碍，它们就会变成怪物，变得不择手段。

我们在森林里的那片荒原找到了那条古老的长椅，我们被吸引着去向那里，这意味着它又要来了。下个星期就是仲夏之夜，过了十一年，我们家族又将有一个人被带到那个地方，然后永远地消失。我的祖父已经感觉到了，他说，那天陪我们入睡的时候他这么说着，他说的话让我起了一身鸡皮疙瘩。他感觉到有什么东西吸引着他，就好像森林里有着什么东西，而他只需要去那里就好。他仿佛听到了森林里的轻声细语，就像风在叹息。他说他一生中已经经历了六次循环，所以知道它又要来了。

这时，村里的每个人都已经感觉到了，人们开始给窗子钉上木板。我也感觉到了——就像和那天晚上在树林里一样，只是它现在无处不在，无时不在，就好像身边总有一个看不见的人，不知什么时候会突然给你一个吻。

我的祖父说出一切后，出现了一阵可怕的沉默。艾瑞克悲伤地看着自己的脚，而佩莱躺在稍远一点的地方，已经睡着了。

“为什么？”最终我问道，“为什么是我们富亚兰森家族？”

“有些事情我们是不知道原因的，亲爱的亨德里克。有些事情是为了发生而发生，所以没有必要去问为什么会发生。

事情发生了……也许很可怕，但这是一种妥协……一种献祭。有一些牺牲是不可避免的。”

我想了想我们的家族。我们的家族由四十五个人组成，每一个我都认识，村里的所有人都彼此认识。叔叔们、阿姨们、表兄弟们、表兄妹们……所以说他们中的某个人下周就要……我几乎控制不住我自己。

我告诉了祖父，他看见了我眼里的恐惧，但是他开心地笑了，把手放在我的肩上安慰我。“但是你不要担心，孩子。你和艾瑞克都不会有任何事的，我很确定。”

一星期之后，所有的门窗都关闭了，我以为我肯定不会睡着的，但最终却累倒在艾瑞克身边睡了过去。我不知道那个仲夏夜发生了什么，只听见教堂的钟声一整夜不停地敲响。我听说钟声会让它们远离这里。即使它们远在艾菲约德，应该也能听见这声音。声音在水面上可以传得很远。

那天晚上，我的祖父默默地离开了家，主动出去散步了。第二天我哭了，我想起他是怎样把手放在我的肩上，而我又怎样抱住了他。我的祖父，他总是笑着。

之后人们便说，谢天谢地，这仲夏夜总算是平静地过去了。

三年之后一切又发生了。

钟声再次不断响起，我们再次感受到了。它飘浮在空气里，在树林里，在峡湾的水里。星光又一次召唤着，寻求回应。

整个村庄都慌乱了。“这不公平！”我听见我的母亲对着父亲大喊。“三年前的夏天哈玛尔献出了自己，他们难道还不满足吗？”我闭上眼睛想着我的祖父。我很害怕。他自愿走入了森林——我父亲后来说这是不可避免的，而且我的祖父已经活了很久，很幸福。他不想缇和利特叔叔那样的事重演。听到那个名字的时候我全身发抖，仿佛想起了之前做的噩梦。

我们和尼古拉斯叔叔还有克里斯缇娜阿姨聚在一起，一共有十二个人。窗户和门都已经从里面钉上了。富亚兰森家族的人们都一起在莫尔布四处寻找着可以躲避的地方。他们决定结束这一切，他们要打破这个循环。教堂的钟声一定能让它们远离这里。其他的村民也和我们一样，把自己锁在屋里，拿着火把和猎枪焦急地等待着。

然后，在午夜到来之前，钟声突然停了下来。没有人知道发生了什么。直到日出之后，牧师才发现阿克·托尔维克，莫尔布的敲钟人——或者说，只发现了他的皮——被钉在钟房的门板上，空洞的眼眶直直地盯着他。

我的母亲呻吟着。她抱着自己怀孕的肚子。房里很暗，我们不能点火，因为烟囱也被封上了，只有火把和尼古拉斯叔叔的油灯提供着一些亮光。

然后响起了敲门声，在钉得稀松的木板后面听起来很空洞。我们焦虑地看着彼此。我们感觉它们就在房子周围，无处不在。令人厌恶的声音像冰一样寒冷，轻声穿过墙壁传进来，而最可怕的是我觉得自己必须去那里。我必须要出去，当父亲把手放到我肩膀上的时候我才发现自己正向门口走去。

夜晚的静谧被呼喊声打破。外面有人。老天啊，为什么？远处传来了枪声，我回想起有好多次我坐在枫树下，远远看着我的父亲猎捕驯鹿。只是现在，被猎捕的不是驯鹿。呼喊声变成了恐怖的尖叫声，然后突然出现了更多的声音，但是后来母亲抱住了我，用她的双臂围住了我，所以我只听得见她的哭泣声。

今晚，莫尔布将有一场屠杀。暗夜生物进入那些不够隐匿的房间，收取我们试图打破这个循环而必须付出的代价。今晚，有十二个人死去；他们的尸体挂在自家门上，裸露着，撕裂了，残破不堪，毫无尊严。到最后，一切都被剥夺了。

我们缩在角落里，外面回荡着不幸的尖叫声。它们正在试图进入我们的房子。门窗都被拆除了，透过保护着我们的木板之间的缝隙，看得见黑影在移动。然后拦着门的一块挡板被打破了，突然四周响起艾瑞克惊恐的声音：“父亲！救我，让我进来！”

在盲目的恐慌中，我的父亲飞快地向前跑去。我看了看周围，却看见艾瑞克就在我身边，正茫然地想要阻止他。但一切都太晚了，他走到门前，通过挡板间的一个缝隙向外看。然后他被什么东西抓住，被一种邪恶的力量拖出了挡板。

碎裂的挡板掉落在地上，挡板后面只有一片夜色。

母亲的尖叫声充满了整个房间，她用拳头捶打着太阳穴，然后是嘴唇，然后是怀孕的肚子。要有三个男人才抱得住她，克里斯缇娜阿姨用手掌扇了她两下才让她停止了尖叫，但我的母亲已经变了，再也不会和以前一样了。

接下来的十六年，莫尔布恢复了宁静。在峡湾的生活并不糟糕。时间飞逝，我们这里足够孤立，所以一直保守着这个秘密。啊对了，第二年有人离开了这里，但是两只手就能数得过来，而且他们都不是富亚兰森家的人。有一些事情让我们必须留在这里。星星会召唤，而我们必须回应。就像我刚刚说过的那样，我们没有理由离开；你总要偶尔为生活在这天堂里付出一些代价。

相信我，莫尔布克服了这个打击。我们的家人没有因为那个可怕的仲夏夜的死亡事件而受到指责——在那之前我们都参与了社区的讨论，一致决定尝试打破这个循环。后来在教堂后举行了葬礼，葬礼之后召开了一次新的社区会议，我们签订了正式的约定，再也不会试图逃避。为了保护社区，需要履行牺牲的责任。

我们也不是什么好处都没有。富亚兰森家族的人在村里从来不需要做什么烦人的工作；总有很多人愿意听我们说话；在需要帮忙的时候，不需要我们到处寻找，人们总是很愿意把东西给我们。呵——不是谋利，这只是正常的交易而已，只是对我们付出代价的小小的偿还。卖血得来的钱，如果你也想要的话。

接下来的几年里，每当 6 月 21 日快到了，整个莫尔布就会紧张起来，但是什么事也没有发生。十年之后，我们几乎都忘记了这种恐惧，仿佛那暗黑童话一样的故事从没发生过。

在那期间，我曾两次重访杨戴斯科森林的荒地里那条长椅，两次都是孤身一人，在距离仲夏夜还很久的时候。也许我是想在那里找到父亲的一丝踪迹。但是我只看到一条死寂的长椅，长满了灌木和杂草。

没有听见什么轻声细语，也没看到其他的什么东西。

是的，我们已经开始忘记，曾经发生过暗黑童话一样的故事。

我的两个弟弟在没有父亲的环境下长大了，但是要我说他们其实也没有母亲。1975 年之后她再也没有恢复过来，几乎是艾瑞克和我抚养他们长大的，这也是我们能为她做的最起码的事了。她一夜间白了头，眼睛也瞎了。

乔纳森是村里的孩子王。他没有受过仲夏夜的恐怖侵袭——父亲失踪的时候他刚一岁，因为年纪太小，所以没有留下什么记忆。他的童年很快乐，无忧无虑，成了一个很受欢迎的男孩，大家都喜欢他。而他也几乎是完美的：身材匀称，金色的头发闪耀着健康的光泽。他彬彬有礼，聪明风趣，乐于助人，而且总是笑着。艾瑞克对我说，他相信，在那个男孩眼里，整个世界都闪耀着金色的光芒。就是这样，我想，没有人不爱他。

但我的母亲还生了另一个儿子——在我的父亲去世四个月之后，比约恩·富亚兰森出生了。莉瑟·索海姆，村里一个迷信的接生婆，是第一个意识到他有问题的人。她说这是一个交换来的孩子——是自然神灵和我们交换了之后留给我们的孩子。其他人认为他是我们家族灾难的延续。然而没有人提到过我母亲做的事。我从没对任何人说过，我总能听见她的尖叫声，也总能看见她用拳头捶着自己的肚子。

比约恩的智力有点问题，而且可能活不了几年。他早产了太多，个头太小了，这样一个扭曲的小男孩，怎样能熬过接下来的一系列传染病呢？但是他做到了，这就是所谓的幸存。一直到八岁他都躺在床上，因为他的四肢都以各种方式扭曲着，没有办法走路。他是拥有孩子身体的一个婴儿。我们必须喂他吃饭，但他没法正常吞咽，只能吃些捣碎的食物，而且大部分都会流到下巴和胸膛上。更困难的是给他洗澡。这小子总会扒掉尿布，然后整天就躺在自己的粪便里。你得把他放在浴缸里，然后换掉床单，所以首先你需要把他从床上抬起来，一个赤裸的、黏糊的、挣扎着的生物。他的喉咙发出空洞的声响，他只用一只眼睛盯着你，另一只向里翻着。我们把他安置在屋后的一个房间里，就像一只肮脏的宠物一样。你看——我和我哥哥还太小，没有办法独自养活一个孩子，更不要说一个弱智的孩子了。我的母亲几乎都不离开自己的床，也不想和这孩子有什么接触，但是却不愿意接受别人的帮助，因为她不想让任何人看见这孩子，他让她感到羞耻。所以，比约恩成了一个公开的秘密，大家都知道他在那里，在我家屋后的房间里，但从来没有人谈论他。

但是有一个人真心爱着他——他的哥哥乔纳森。他接手了艾瑞克和我手里大部分的活，而且从来不抱怨。在比约恩十一岁的时候，乔纳森教会了他行走。我的母亲从来没有感谢过乔纳森。比约恩总会逃出去，有时候几乎全裸着，他穿梭在村庄的街道上，发出一些可怕的、野兽一般的声响，可能只有乔纳森能听得懂是什么意思。人们朝他大声叫喊，拿着弓箭围在他周围。然后，当艾瑞克或者我最终把他带回家，关进我家屋后的房间里时，人们都盯着我们看。

这可能是最可怕的：人们的目光。

他们的目光诉说着一个我们也明白的无情的真相：这个男孩应该在还是个婴儿的时候就死去，某一种传染病应该杀死他，从而拯救他自己，也拯救我们。

有的时候我们在盼望他的死亡。我知道承认这件事很可怕，但除了被比约恩拖累的艾瑞克和我，村里的每个人都是这么想的。在这样的一个小社区里，如果一个人病了，所有人都会被传染。在莫尔布，谁也不想再增加新的秘密了。

我不想解释我们所做的事——我没办法解释。我们只是绝望了，不知道该怎么办。我不会说我们没有别的选择，因为我们是有的。我们这个社区拥有两个秘密，而我们是人，人心比我们想象的要黑暗得多。所以我们做了什么呢？

我们把这两个秘密结合在一起，创造了一个新的秘密。

不需要解释什么，1991 年，当森林里传来了召唤时，我们都知道该怎么做。十六年来，星星一直保持着沉默，我们曾幻想也许这循环已经结束了。但是当春末的夜晚变得越来越短的时候，森林开始低语，杨戴斯科森林的那块荒地开始像磁铁一样吸引着我们，我们知道它不远了。

我们从来没有跟乔纳森说过长椅、星光和我们的血统之间的关联，也许是想保护他眼中世界的美好。可能有些天真，但是那个男孩就是彼得·潘，他的世界就像童话一样，至少我们想在他童年的最后几年宠着他。

那天晚上，乔纳森去睡觉之后，我们锁上了他的门，然后把比约恩带到了村庄的边缘。艾瑞克在那里，尼古拉斯叔叔在那里，新的牧师维克·哈勾斯先生在那里，还有一些其他人也在，为了保护我们不被诱惑走。一开始，这孩子像是受了惊，甚至还有一些害怕，因为我们从来没有把他带到外面来过，尤其还是在晚上。但是他也感受到了森林的呼唤，所以很快就兴奋起来。我们在劳伐雷德的农场里放开了他，他飞快地离开我们，用那双弯曲的、畸形的双腿冲进了夜色中。我们听见他高声笑着，想着那应该是我们最后一次听见他的声音了。

但是第二天一大早，我听见了敲门声。我马上起床开了门。门外是维克·哈勾斯，他正懊恼地看着我。在他身旁正抱着他的脖子的，是我那十五岁了却还在蹒跚学步的弟弟比约恩。他不停地哭号着，脸颊上却没有眼泪，他的眼睛睁得老大，充满恐惧。

我大喊着穿过屋子，慌张地一路打开门，哈勾斯紧紧跟在我后面，拖着那个一直叫唤的男孩。还穿着睡衣的艾瑞克和母亲出现在走廊里。我的母亲盯着比约恩，像是见了鬼一样尖叫起来："啊上帝啊！是谁走了？谁走了？"

我猛地拉开乔纳森卧室的门，我们最害怕的事成了现实。他的床是空的，窗户开着。昨晚他一定是突然很想散个步，因为有什么在呼唤着他。他一定是从台阶上摔进了泥地，躲在森林里的那个东西，一定是在他那弱智的弟弟出现之前就先抓了他。

我母亲的脸一下子变得灰白。她紧紧地抿着嘴，转向了比约恩，他仍被维克·哈勾斯紧紧抱着站在门口。她的声音很轻，但阴沉的声音实实在在地回荡着："应该是你的。"

应该是他的。

是啊，应该是他。我们为乔纳森悲伤心碎，时间越久，就越清楚地记得那就是事实。时光流逝，乔纳森再也没有从森林里出来。时间并没有抚平伤痛，相反，没了快乐的乔纳森在我们身边，看不见他神采奕奕的脸庞，听不见他孩子气的笑声，时间越久，我们就越是强烈地意识到他的消失是多么可怕。我们体内的某一部分也跟着乔纳森死去了。而最终，我们将一切都怪罪到了一个人的头上。

悲伤是邪恶的根源。恨意从悲伤中滋生。虽然我们从来没有爱过他，但是现在我们开始恨他，我们发自内心地恨他，因为乔纳森代替了他把自己献祭给了星星。而这恨意，引发了不可见天日的恶行。

两年后，森林里又传来了召唤，我的母亲在黑夜降临后走到我面前，在我耳边轻声说：“今晚动手吧。这一次，要做对。”

一个小时之后，我们八个男人一起聚集在院子里，围在比约恩四周，母亲说了点什么。她站在门口，声音很轻，只有我听到。她用死气沉沉的眼睛看着她最小的儿子，说：“我们都该死。”

第二天早晨日出之前，午夜出发前往森林的我们。艾瑞克在地下室发现了她。她吊在一根梁上，眼睛依然睁着，瞪得老大，眼里是一片虚无。

她说的没错：我们都该死。

因为昨天晚上，我们把比约恩带到了森林里。

要找对地方一点也不难，虽然最近一次有人去过那里也已经是十二年之前了。我们是被指引过去的，就算想走错路都不可能。它再一次发生了，我们再一次预见了它的来临。但这一次，我们不只是让它发生——这一次，我们自愿地献祭了新鲜的血液。

我们在午夜之前到达了那个地方，杨戴斯科森林看起来很安静。夜间的森林通常是充满生机的，但是现在，当我们举着火把穿过这片森林的时候，它一片死寂。猫头鹰紧张地沉默着，我们在路上遇见的唯一的活物是一只鹿，它从黑暗中突然跳到我们面前，又消失在我们身后的丛林里，好像在逃离什么。

我们把比约恩放在长椅上，脱下他的衣服，用衣服把他的手脚绑在弯曲的胡萝卜组成的扶手上。一开始比约恩还挣扎着，像平常一样从喉咙里发出一些声音，然后他好像因为什么而感到了诧异，随后就沉默了。这个瘦弱的、几乎全裸的男孩躺在覆满长椅的青苔里，在微弱的星光下，他看起来就像幽灵一样苍白。星星高高地悬在我们头顶。我们都沉默着，我感觉我们都是独自一人站在这荒野中，比约恩和我，兄弟们。但因为血液，我们又被连在一起。他棕褐色的大眼睛在黑暗中看着我的脸。我出乎意料地陷入了回忆里，那画面是那么真实，以至于我的双腿都开始打战。在画面里，那个躺在长椅上的男孩是我，我看着三只驯鹿漆黑的眼睛，那三只驯鹿也静静地站在森林边缘看着我。我们之间的沟通像是心灵感应一般，那萦绕在我身边的浓烈的、温柔的善良气息，让我忘记了一切。

这次我又感受到了这种心灵感应和善良气息，但这次经历这一切的是他，不是我。在他看来，我的眼睛一定是黑色的，但是弥漫其中的却是那股善良的感觉。他棕褐色的眼睛凝视着我。比约恩从来都说不出一个字，但是这时我听见他说：没关系的，亨德里克，我原谅你，因为我爱你。

而我，一个从来没有爱过他的人，转过身去，也没有再直视艾瑞克或者其他人的眼睛。

我想要逃离，但是维克·哈勾斯阻止了我。“我们必须确保事情顺利进展，你答应过你的母亲。不能让它们再来莫尔布。你也不能一个人回去，谁知道会不会有什么东西把你抓走。”

所以我们留在那里等着。一个小时之后，四周变得寒冷，它发生了。我们八个人站在这片树林的边缘，我们的火把神秘地映照在我们死气沉沉的脸上。五十米之外的比约恩，在这段时间里一点声响都没有发出。他睡着了吗？谁知道呢。

然后它们来了，仲夏夜聚会的守护者。它们从森林里来，从灌木丛中来，从黑夜中来。它们成群结队，我也不知道数量有多少。它们都高声吟唱着，足以组成一个真正的合唱团。它们都是扭曲的、长得几乎一模一样的女人，穿着飘逸的长袍，有着长长的头发，幽灵一般地在长椅上跳舞。比约恩应该也已经醒了过来，但是夜仙子们挡住了我们的视线。

维克·哈勾斯发出了轻微的叹息声，立刻，那些东西都转向了我们。歌声停了下来，它们默默地看着我们。它们的眼睛又大又黑，脸就像鱼一样。其中的一个生物发出了疙疙瘖瘖的喉咙音，然后另一个生物回应了它。在那个寂静的时刻，所有人都屏住了呼吸。

然后，仿佛被一只巨大的手推动，仙子们同时转过身去，涌入了长椅上一个优雅的拱门。

首先传来了撕裂声、尖叫声。

然后，一声满足的低语从森林里升起。

那星星高高悬在我们的头顶，闪耀着前所未有的光芒。

那已经是九年前发生的事了。

我仍然住在峡湾上的莫尔布村庄，我们富亚兰森家的人永远都不会离开。这里的生活很好，为什么要离开呢？时间继续流逝，现在每天都有人从艾菲约德乘渡轮来参观我们的村庄，我们时不时接待着来这里的游客——他们从来不会在这里停留超过一天。大多数人只是被杨戴斯科森林和山脉吸引过来远足的——我们这里依然有足够的距离来保守秘密。

而那个秘密——那是你为生活在天堂所付出的简单的代价。

然而我不会再相信什么童话了，因为九年前我已经发现，那只是掩饰残酷的真相和我们的罪行的谎言。

我发自内心地相信比约恩对我说过的话，我相信他对我说过的唯一的一句话是真的。比约恩确实是一个童话——他没有看到任何坏的结局，对他来说一切都是好的。

他可能已经原谅了我，但我并没有原谅我自己。

今天早上和狗狗一起散步的时候，我听见了森林里的低语，我意识到很快又到了六月末了。

明天晚上我会去散个步。

（厉青冰 译）

# 蘑菇之地的郁金香和风车

Tulpen en windmolens in het Land der Champignons

深红色、亮黄色、血红色的郁金香，

在这片不出意外长不了任何东西的土地上，

郁金香一年可以收成三次。

我们也叫它蘑菇之地。这里是布鲁克因瓦特兰以南，外环路以北的地区，当时外环路还没有延伸到阿姆斯特丹北部。如果你在一个好天气里往这个方向走走，会发现它就只是一个没有名字的水沟。时间未曾停止，它吹走了那些历史，就像一阵秋风刮得枯死的芦苇叶上下晃动。这个季节的芦苇叶不再像其他季节里那么可爱，它们僵硬而死板，和其他走到了生命周期末端的事物一样。

蘑菇之地的历史已被抹去，人们现在只知道这是一个荒谬的、过分有序的地方。它不仅看起来“荷兰”，而且真正践行了“荷兰”这个词。这片土地上仿佛总是悬浮着一层水汪汪的蜡笔画一般的空气，装饰着一团团被抹开的云，那云的色彩涵盖了从纯白到深灰的所有色调。地平线被稀少的几个果园或者风车磨坊切断。如果持续的西风没让你流鼻涕的话，你能闻到空气里尽是水汽和牛粪的气味。在古老的沼泽地里，成群的水鸟筑巢在芦苇之间，一月到三月，当温度计的水银柱上升时，它们就从南方以V字形成队飞来。不管你信不信——在布鲁克尔米尔和贝尔莫尔古老的低洼地里，整个春天都生长着一排排的郁金香，无穷无尽，它们有着各种靠人工栽培才能实现的颜色。你还能找到比这更“荷兰”的东西吗？

就是在这个“荷兰”，莫尼肯布鲁克的蘑菇种植业繁荣了二十多年，直到1976年这个地区从地图上消失得无影无踪为止。和那段过去仍有所关联的唯一一个建筑，是胡恩瑟拉尔的老风车磨坊，坐落在跨越了贝尔莫尔的道路北侧的一块空地上。这磨坊看起来就像死了一样，原因之一是油漆都剥落了。灌满了风的时候，风叶上的布料让这磨坊吱吱呀呀地响着，像是活过来一样——上帝啊，救救我——这个被缤纷的郁金香田环绕，却仍无法被破坏的建筑物因此被赋予了一种悲凉的性格。周围的孩子们都说它闹鬼。

我不能责怪他们。

我一生都生活在这个叫“玩偶水坝”的小村庄里，它就在离以前的孙德多普沼泽地不远的地方。我当时是蘑菇之地的村庄巡警。在官方上它属于阿姆斯特丹的一个区，但据我所知，比起从这里得到财富，掌权者们更希望甩掉它。阿姆斯特丹从来没有正眼看过我们，而且很乐意把这个地区的官方事务都交到像我这样的人手里。所以昨天老格利特来到维米尔，把市政府的信给我的时候，我是那么惊讶。

维米尔是玩偶水坝的一家店，在这里你还能发现一些老守财奴，他们像我一样，知道关于莫尼肯布鲁克的那个奇怪的故事。这个杂货店位于新豪街上，从那里看得见道路一侧的农田和另一侧的沼泽地。它是那种真正的老式杂货店，食物都很新鲜，甘草和香料用纸袋包装。这样的杂货店，你现在只能在像这样的小村庄里才找得到，因为奥伯特·海恩斯超市把它们从这个国家的其他地方都赶了出去。亨德里克·维米尔去年去世了。他在生命的最后十年里遭受了如此多疾病的侵袭，我们没有人预料到他居然活过了 90 岁。最后他到底是完全老了，但是老维米尔真的是一个勤勤恳恳的人。我们这样的人大多数都如此——出生在战前，经历过 20 世纪后期的文化冲击。他的儿子卡雷尔——长着一张饱满的脸，像低垂的十月的月亮——接手了这家店，并且饱含情怀地让一切都保留了旧时的状态。我猜这家店无论如何都会保留到我们这些老家伙进骨灰盒为止。

每到下午都有同一批人来到芦苇板条后面的办公室，一起喝着咖啡和杜松子酒，互相关心彼此那蹒跚的关节和肠道系统。卡雷尔·维米尔自然是其中一员，因为在那个时间，顾客大多已经走了，还在活动的村民们多半正忙着把牛关进棚里，或者准备进餐。格利特·迪尔斯曼也在那里，他在战争中失去了两个儿子，自己的古董店在 1986 年破产了。他大部分时间都醉醺醺的，总会有人留意着他，让他不要再喝杜松子酒了，以免那骨瘦如柴的身体承受不起。小杨·普拉茨玛和盖斯·德容通常也会在那里——如果杨能从午睡中准时醒来的话。他们都是退休的家畜饲养员，总是一起坐着杨的小破车来这里。那辆破车的后窗只挡着一块塑料布，每当杨启动车子的时候，它都会像鞭炮一样噼啪作响。他说那是在八十年代后期出现疯牛病之前，有一头疯狂的牛脱离控制，撞坏了他的后窗。他很喜欢讲这个故事。其实也许只是附近的几个臭小子拿一块大石头干的。哎对，故事就是那样的。

最后，我自己通常也在那里，坐在维米尔的里屋。我们坐在布艺椅子上抽着烟，冬天里会有燃烧的壁炉，夏天里会有转动的风扇。我们很多年以来都没有再谈过 1976 年发生的奇怪的事件，有一些事是人们不愿意提起的。在肤浅的对话中间经常会出现一段深刻的沉默，我们就拿着烟斗，让烟雾弥漫在这个狭小的空间里，就像是空虚的思绪从我们干枯的肺中流淌出来。但是那样的沉默是好的，我们也总会再回过神来。维米尔让人感觉很熟悉。这里依然飘散着几世纪以来古老的气味，有肉制品混着咖啡的香味，烟丝混着丁香的香味，和我当年闻到的气味一样。那是在1924年，是我人生中的第一次，母亲给了我两毛钱，让我到这里来替她买一块面包、一棵白菜和一袋一公斤的土豆。这些都记录在她给的清单上，我的母亲歪歪斜斜地、潦草地写着：一块面包、一棵白菜、一袋一公斤的土豆。我还能清楚地记得这些。有一些事情是永远不会忘记的，而那种气味也未曾改变过。

是的，时间已经过去了，蘑菇之地已经不复存在。但是在某些地方，过去的痕迹似乎仍然存在着，就像在维米尔的里屋，我们烟斗里的烟雾。这是一种幻觉，我知道的。一个信封躺在我们每个人家里走廊的门垫上，上面是整整齐齐的邮票和贴上去的地址。最终，时间把我们都带走了，而我们也用坟墓和黑色的泥土完成支付。幸运的话，还能有人偶尔用一束鲜花来做些装饰。

我害怕，如果我没有离开生活了一辈子的地方，我的坟墓上会长满郁金香。

维姆·胡恩瑟拉尔在1923年买下那个老磨坊，当时我刚五岁，那时牛奶还是桶装的，需要用滤网筛去表层之后才可以喝。最初，磨坊通过排水制造出一块干燥的农田。之后的几个世纪里它都毫无意义地立在莫尼肯布鲁克外面光秃秃的地上，因为这个地区的土壤太潮湿，不能种植粮食。村民们很好奇磨坊将会用来做什么，维姆·胡恩瑟拉尔很快成了人们窃窃私语的对象。他从一开始就不受欢迎，部分是因为他资产丰厚，但主要还是因为他是从阿姆斯特丹来的，是一个从大城市来的人，一个从外面来的人。他因为 1917 年在法国战壕里遭受枪伤而瘸了腿，一张脸看起来紧张又愤怒，眼睛因为有过多的眼白而看起来很狡猾。这不是一张能吸引人的脸，或许因为他从来都不笑。

在磨坊边的荒地上，他让一个阿姆斯特丹的建筑师为他和家人建造了一个宽敞的家。在这个地区，如果不想让房子陷入泥沼，就必须把桩打得很深，然后建厚厚的地基。如今可以用打桩机来完成，但当时这是一个劳动密集的过程，需要耗费大量的人力。胡恩瑟拉尔把这样的事情也交由外面的人去完成，这显然遭到了村民们的厌恶。

那个时候还没有人种植蘑菇，莫尼肯布鲁克还是一个靠着在周围的沼泽地养牛为生的地方。这里的人们并不富裕，不像胡恩瑟拉尔（虽然大家都强调说这不是他们厌恶他的原因），但是他们也不算贫穷。那是在二十年代，和大城市之间的乳制品交易还称得上繁荣。我本人并不是来自农民家庭：我的父亲是当时的巡警，也是这个地区的监管。尽管如此，或者说对于一个住在村外的人来说，正因为如此，他成了一个在莫尼肯布鲁克受人尊敬的人。1923 年 10 月，维姆·胡恩瑟拉尔搬进了他那刚粉刷一新的房子里，但那不归父亲管，因为布鲁克因瓦特兰的边界线正好穿过贝尔莫尔的那条路，磨坊是在路的另一侧。次年二月，胡恩瑟拉尔在这一侧的沼泽地后面买了二十四公顷的土地，然后他也就进入了我父亲管辖的范围。

除了绥德曼医生之外，没有人见过胡恩瑟拉尔的妻子。据说她一直病着，据我所知她从来没从家里出来过，直到富利普·赫尔曼斯在 1926 年用牛车在那种需要穿黑色礼服的场合里把她拉了出来。起初大家都猜测，胡恩瑟拉尔是为了她才选择了远离城市的农村的悠闲生活。但是后来人们在村子里看见了他的三个孩子，猜测变得更加可怕了。他们和父亲一样，从来都不笑，如果你从他们身边经过，他们就会用沉寂的眼睛盯着你看，他们的脸上有明显的近亲繁殖的痕迹，嘴半张着，你能瞥见里面错乱的牙齿。不久后，流言就传播开了，说胡恩瑟拉尔的妻子从不出门是因为她是他的侄女，甚至可能是他的妹妹。

最小的那个孩子大卫和我一般大，我还记得其他孩子和我都不喜欢和他一起玩。他皮肤苍白，天生兔唇，所以嘴总是张着，你可以透过嘴看见他上腭粉红色的肉闪闪发光。尽管他家的条件很好，他却每天都穿着同一件衣服，从三月里春天的第一天开始，他身上就萦绕着一股子永远散不开的汗气，到了秋天才开始凝结，有时候闻起来有一股尿味。切尔克·库普曼斯，他在战争中对抗过德国佬，后来在 1976 年和其他人一起消失了，他总是说："那个男孩拥有和沼泽一样的魅力。"然后大声地笑起来，他的朋友就会拍拍他的肩膀。

1924 年的春天，磨坊转动起来，维姆·胡恩瑟拉尔在四月份震惊了每个人，他在他的土地上种下了刚刚发芽的郁金香。村民们都感到很吃惊。球根花卉通常在老沙丘后面的北部地区种植得更多，那里有石灰质土壤，可以供给养料。而这里只有黏土，土壤过于潮湿，甚至都不能种罂粟。维姆·胡恩瑟拉尔会怎样成功开展这个生意完全是个谜，看起来是不可能做到的事。

在约翰·普拉茨玛（杨的父亲）的建议下，我的父亲去看了一眼。后来有人说，不仅老普拉茨玛，整个村委会都在敦促他去。不仅是因为外来人的竞争困扰了他们——不只是这样。在胡恩瑟拉尔的地里，有些什么东西不太对劲。他们从水里感觉到了。我父亲去的时候带上了我，那个早上我才六岁，但我还记得很清楚，就好像发生在昨天。

“这不是您的辖区，先生，” 胡恩瑟拉尔说，“也许您最好离开这里。”他在院子里吐了一口嚼烟。

“我只是过来聊一聊。”

“当一个公务员过来说要聊一聊的时候，据我所知，就意味着要搞腐败。我可并不期待什么腐败的事。”

“您刚刚也说了——这不是我的辖区。我是作为一个居民过来的。”

他轻蔑地“哧”了一声，我感觉他散发出来的敌意一直深入了我的骨头里。在他身后，在昏暗的磨坊门口站着他的长子，他盯着我的父亲，脸上的表情是一种近乎白痴的怨恨。最小的大卫也加入进来，带着和他哥哥几乎完全一样的怨恨的神情。

“胡恩瑟拉尔先生，我们都知道这里的土地并不适合种植您在这里种的东西。您愿意告诉我发生了什么吗？”

“我不知道您看过我的田地没有，”他说，“这里的土地看起来非常合适。”

“您是怎么做到的？”我的父亲问。他确实比胡恩瑟拉尔矮了十厘米，但因为他在我身边，所以两人看起来竟然差不多的样子，“这工作需要很多人力。”

他指了指身后。“我的儿子也在田里帮我。他十四岁，但是已经足够强壮，可以背着箱子，铲些东西。您觉得这有必要向劳动监察部门报告吗？那您就去报告吧，如果就是这些事……”

“如果这引起了我的兴趣，我可以这么做。但我感兴趣的是，您和我都知道不可能让这块土地……”

“在哪块土地上种植无所谓，”胡恩瑟拉尔急切地打断了他，“只要有足够的土壤用于种植就可以。”他声音里的一些东西让我的父亲缩了回来，也让我颈后汗毛直立。那一瞬间，通向维姆·胡恩瑟拉尔一直隐蔽的灵魂的门似乎微微打开了，从那里散发出一股潮湿的地窖的气味，在某一瞬间，我似乎真的闻到了那个味道，它飘浮在这院子的上空，一种挥不去的、神秘的、在某种程度上被期待着的味道。

这时，小大卫一把关上了磨坊的大门，味道消失了。

“有人说看见风车在转，”我的父亲带着些许不安继续说，“如果我只是进去看看您在生产什么，您会觉得有什么不方便吗？”

“会，我会觉得有麻烦。” 胡恩瑟拉尔说，他已经没有耐心了，“您可以从布鲁克因瓦特兰市获取许可，不过您将耗费大量的时间，办很多烦琐的手续。我可以向您保证，那会是一种浪费。要我说，不如我恢复从前的样子，只让风车偶尔运转？”

他咧嘴一笑，露出一嘴墓碑一样的灰色牙齿，并没有比他孩子们的美观多少。虽然普拉茨玛和其他人都在敦促，我的父亲还是告了别，让这事顺其自然。他当然想更深入地挖掘这个问题，但是如果胡恩瑟拉尔不配合的话，确实会带来很多公务上的负担。而且尽管莫尼肯布鲁克也属于他的辖区，但玩偶水坝才是他的主要职责所在。他把注意力转移到了其他事务上，把这个迷信留在了农业社区里。

我不知道他们当时对胡恩瑟拉尔家田地里发生的怪事关注了多久。如果一页页往回翻看我人生的这八十七年，就会发现大部分童年发生的事就像是阳光下的老照片，最终只剩下了一片空白。虽然偶尔还能找到一张清晰的照片，比如1924年4月在胡恩瑟拉尔家的院子里的那一幕，但是那些年里大部分的事情已经渐渐被遗忘了。

村民们应该是更关注它了，因为我脑海里还清楚记得另一个画面，在一个雾蒙蒙的六月天里，无尽的郁金香田一直延伸到沼泽的另一边。那天我和一群附近的小孩一起光着身子在沼泽地里游泳，给我们发热的身体降温。这是对花期的嘲弄。五月收获之后，七月又有了新一轮的收获，然后到了九月又是新的一轮。风车一直不停地转动着，好像这片土地从来不会被耗尽一样。深红色的、亮橙色的、淡粉色的，胡恩瑟拉尔全都收获了。这个人要么是个天才，要么就是会什么巫术。

他把收成卖给了阿姆斯特丹的商人，在那年年底攒了一笔资金。第二年的早春，他买下了贝尔莫尔北半边的所有土地，因此也就拥有了莫尼肯布鲁克周围大部分的土地。

哦对了，人们确实曾试图模仿他，但没有人成功过。这片土地上什么也长不出来。托恩·维布鲁克，村里的一个送奶工，在一个好天气里和他的牧羊犬一起，去磨坊想问问秘密是什么。

“坦白说，胡恩瑟拉尔充满敌意。”格利特·迪尔斯曼有一次在维米尔的壁炉边的某个晚上说。他的声音很浑厚，喝了几杯杜松子酒之后才肯继续说那个时候的事。“我的父亲是老托恩的朋友，是他告诉我的，我现在告诉你们。胡恩瑟拉尔突然开始大叫，那条一直坐在他脚边咆哮着的狗立刻跳出来咬住了他的手，信不信由你，他像一头牛一样扭动起来。”

他划了一根火柴点燃烟斗，来回看着我们，好像期待我们说出什么反对的话。

第二天托恩·维布鲁克的牧羊犬就失踪了。根据这故事的说法，在这狗之前待的院子里长出了亮黄色的郁金香，那里之前从来没长过花。有人怀疑胡恩瑟拉尔那天晚上为了报复而杀死了这条狗，然后在维布鲁克的院子里种下郁金香作为残酷的嘲讽。这件事从来没有被证实过，但不管怎么说都很残酷：那是他的院子唯一一次长出郁金香。

1927 年，一场严重的春季风暴毁了荷兰北部所有的郁金香收成。胡恩瑟拉尔的田地一片空白，郁金香像在受污染的河里的死鲑鱼一样漂浮在水塘里。但不出一星期，他已经成功地把一切都弄干了，又种下了一颗颗球茎，仿佛风暴从没来过。在那个星期里，人们总会看见风车在转。在阿姆斯特丹，大家都认为维姆·胡恩瑟拉尔是一位天才的种植者，他的垄断地位让生意成倍扩张，他也变得比以往更加富有。

胡恩瑟拉尔在那些年里把大部分的资产都投资给了美国富有的公司。1929 年 10 月，股市突然崩盘，他的钱一下子都没了，这土地也变得一文不值。三个星期之后，他的儿子大卫在磨坊里找到了他，在阁楼下的一根木梁上吊着。清冷的秋日阳光，透过开着的阁楼窗口照进倾斜的走道里，在墙上投射出他悬挂着的身体怪诞的影子。绥德曼医生割断绳子的时候，需要两个男人抱紧他肋骨的位置才能防止他的尸体从八米的高空中坠落。

维姆·胡恩瑟拉尔被埋葬在了阿姆斯特丹的家庭墓地，在他的妻子旁边。他唯一的女儿，一个愚钝的孩子，那时和她最大的哥哥一样已经成年了，开始负责照顾年幼的大卫。

在我十几岁的时候，抑郁症开始在我们的国家蔓延。但是在一个满脑子春梦和爱情的年纪里，贫穷就像是覆盖在背景的透明薄膜，并没有什么要紧的。就好比一直在乡下生活就闻不出身上的粪便气味一样。阿姆斯特丹的宣传栏里展示着失业的农业人口；我们用牛奶桶、木炭，硫黄棒和鸡屎制造出火药炸弹，然后在胡恩瑟拉尔光秃秃的土地上引爆了炸弹。烟雾笼罩了阴沉的天空，笼罩了他的土地上总是反着光的水坑，笼罩了那个再没有转动过的，像裸露的骨架一样死寂地站在地平线上的，永恒的老风车磨坊。

战后，德国人没有在这个地区留下什么影响。莫尼肯布鲁克交叉口的弹药库很快就被拆除了，换成了我父亲制作的木质路标，关于占领者的记忆似乎就这样被完全抹去了。一切又变得和从前一样，变得和以前那个古老的、丑陋的荷兰一样。但确实还是有一点不同的：德国人离开之后，我开始觉得这里真正属于我。和过去不同，我有了这里是我的家园的感觉。

1948 年，我的父亲退休了，我成了这个地区的巡警和监管。从 1950 年起，这里开始被称为“蘑菇之地”。在莫尼肯布鲁克周围有五个大型蘑菇棚，由银行贷款提供资金，形成了河流上方最大的（并且几乎也是唯一的）集中型蘑菇种植区。村民们都觉得这是个好生意：合作种植的盈利足够偶尔从北布拉邦特的某家工厂买一堆肥料和种植土壤。由于生长周期很短，所以每一季都能收获多次，而它还有广阔的市场，所以蘑菇种植的盈利能力看起来是畜牧业的好几倍。很快，整个莫尼肯布鲁克的人们都在蘑菇棚里工作了，蘑菇之地也就成了一个事实。

唯一没有追随这股趋势的人是大卫·胡恩瑟拉尔。他已经长成了一个大高个儿，大概有一米九，比他的父亲还要高一些。他的哥哥在战争中死去了，姐姐也随着落日离开了，所以留下他一个人待在这古老的磨坊里——一个一点资本都没有的大地主。因为这地区的其他人也不太富有，所以在三十二岁之前，他还可以通过做一些聪明的小买卖养活自己。但是如果你有天早上醒来，发现周围地区出现了一个金矿，让你可以一夜暴富，而死守着土地则变成了一件危险的事——这是不是值得深思?

1951 年，风车再次转动起来。很快，村子周围的田野上一眼望去尽是郁金香，就像旧日的时光复苏了。尽管春天多雨，阳光很少，胡恩瑟拉尔依旧获得了一次珍贵的收成。而二十年过去了，新一代的蘑菇种植者还是没有忘记该怎么嫉妒地看着这老磨坊。

没过多久，人们又开始说起那些不该在白天说的话。我觉得就算在月光下也不该说。

“就是那个磨坊，”蘑菇种植园的老板之一德克·斯鲁伊斯说，“只要那个风车转起来，那里就有什么东西不太对劲。要是你问我，我看那老头的魂魄还待在那里的某个地方。”他把堆好的五箱蘑菇放到地上，拍了拍围裙上的土，瞪大眼睛看着我。

“我也不知道那个磨坊里发生了什么，为什么让风车运转起来，”我抿着嘴说，“反正关于鬼魂什么的我是一点也不知道。”我靠在大棚巨大的双层门的一根栅柱上，在潮湿的阳光里皱了皱眉。巡视的时候我总会和种植者们聊聊天，但我是第一次听到他们用这种方式谈论胡恩瑟拉尔，让我感到震惊。

“那你就快出去吧。”他说着，点头指向我身后的方向，在那里，胡恩瑟拉尔的土地上新冒芽的球茎像士兵一样站立着，一直延伸到布鲁克因瓦特兰的主路上。“上周他才刚收获了一次。你和我一样清楚，在那片土壤里没什么矿物质了。不论如何，那里都根本不可能再长什么东西了。”

我哼了一声。

“而且没有人见过他播种。他不可能独自一个人完成，这一点你也和我一样都知道。但确实没有任何人受雇。”

我点了点头，保持了沉默。

“这就和从前一样，他和他爸爸做的完全一样。没有任何人明白他们做了什么。”

我又哼了一声。没错，事实确实是这样……但你能怎么办？

斯鲁伊斯抓了抓他的胯部，狠狠地哧了一声：“我是不会晚上过去的。要我说，他一定是和魔鬼签了契约。”

在开着的门后，黑暗的房间里传来一声叹息，我看见离我们最近的几个采摘员停下了手里的活，正惊讶地听着。我举了举手当作打了个招呼。“听着，请不要再说这种迷信的胡话了，大家都被您吓到了。那个人就像他爸爸一样，是出色的种植者，你只能就这么简单地接受。每个人都有自己擅长的事情。”

但我自己相信吗？斯鲁伊斯看向我，像是在说着“去骗别人吧”，他没有听我刚说的话，而是在我眼里看见了更多。那一天，他的话不停地在我的脑子里回荡着，我怎么也没法把它们从我的脑海里赶出去。

就是那个磨坊。只要那个风车转起来，那里就有什么东西不太对劲。

我不知道该怎么办。这是一句没有任何含义的评论，却是一个真理，像牛一样真实。我知道，莫尼肯布鲁克的每一个人都知道，甚至整个玩偶水坝的人都知道。但是没有人会为此做任何事情。有时候，对于一个肮脏的秘密，你最好保守它、隐藏它，而不是去唤醒那些本可以沉睡的东西。

然而，我在某一次日常巡视中还是来到了大卫·胡恩瑟拉尔的地里。在之前的很长一段时间里，我都计划着要去拜访他，但总是会被一些事情耽误，然后在某个晴天里，我意识到自己一直在拖延。于是我看着镜子，给自己鼓了鼓劲，异乎寻常地在一大早就喝了整杯杜松子酒之后，出发了。

大卫·胡恩瑟拉尔做了唇裂修复手术，但是痕迹并没有消除。他扭曲的脸在这些年里没有什么改变，只是变老了。

他的眼睛和他父亲的一样狡猾。他站在院子里，我第一眼看见他，就有一种强烈的似曾相识的感觉。我好像一下子回到了二十七年前那个小男孩的身体里，在我父亲的脚边晃荡着。我唯一能做的就是呆呆地望着这个从我的童年里走出来的鬼魂，而他一定以为我疯了。

“我以前来过这里。”我终于说了一句。

“哼，是吗？”胡恩瑟拉尔低沉地说，“那我当时肯定不在这里。我从来没有在这里见过您。顺便说一句，这里不是您的辖区。”

他不记得了。我松了口气，因为在这鬼魂面前，他怨恨地盯着我父亲看的样子变得愈发清晰了。注意，那时候他是六岁。我努力回了回神，然后说：“让我们跳过这些寒暄吧，胡恩瑟拉尔先生。大家都很好奇这里发生了什么。说实话，我也很好奇。”

胡恩瑟拉尔扬起了鼻子，眼神也变得可怕起来。“告诉他们，最好不要多管别人的闲事。”

“听我说，这里的土地……”

“在哪块土地上种植无所谓，”他高声打断了我的话，“只要有一个有效的种植理由就可以。”

恐惧在我的胃里翻滚，沿着脊背向上蔓延。我感觉我的睾丸都皱缩了起来。这种熟悉感来自一段被深埋的过去，像是一只从坟墓里伸出的肮脏的手，那瘦骨嶙峋的手指紧紧地抓住我的脚踝。那段过去是不是真的给这个幼小、沉默，却有着怨恨眼神的小男孩留下了些什么，就像在11月的树林里散步会在头发上留下一片落叶一样？或者说他是在说谎，在嘲讽我？

我突然有了一种想要离开这里的强烈的感觉。我开口说话的时候声音都变得嘶哑了："听着，胡恩瑟拉尔。什么也不要告诉我。我知道这里还有别的事情，我知道你在做着什么邪恶的事，我不想和这些事情有任何的关联。但是一旦有什么事情在这个村子里……发生了，我们是找得到你的，听到了吗？到那个时候，我不会一个人来的。"

他笑了起来。"你还是担心一下他们，让他们别找太多针对我的理由吧，警员。我尊重他们的生意，我唯一的要求就是你们也能尊重我的生意。最好我们互不干涉。"

我们互不干涉——那天晚上我到乔珀·库艾斯特拉的小酒馆向村委会的人汇报这次拜访的时候，这句话依然在我脑子里回荡着。莫尼肯布鲁克的蘑菇种植者们有充分、合理的理由对胡恩瑟拉尔和他的磨坊有所猜疑，我在他的土地上短暂停留时就感觉到了。那是一个坏地方，一个邪恶的地方。

在那里，发生着背离《圣经》的事情。它悬浮在那个院子的上空，散发着生病的老女人一样的腐烂气息。而我们呢？我们遵循了彼此达成的共识，不再干涉这些古怪离奇的事。我们太害怕了，你知道吗？害怕那里可能会发生什么。

在后来的二十五年里，人们都尽量不谈论胡恩瑟拉尔；他则不断地用村庄周围广阔的郁金香田向人们表达着他的观点，深红色的、亮黄色的、血红色的郁金香，在这片不出意外长不了任何东西的土地上，郁金香一年可以收成三次。关于这个男人只出现过一次大的骚动。1963年，哈里·维布鲁克（托恩的儿子）开车经过磨坊去回收空牛奶瓶的时候，看见那个院子里站着一个小男孩，那个小男孩看起来和大卫·胡恩瑟拉尔小的时候一模一样。没有人知道胡恩瑟拉尔是怎么得到一个儿子，也没有人知道是谁生了他——他就这么在某一天突然出现了，就像“丰饶之角”中出现的食物一样难以解释，唯一的区别是带来羊角的并不是幸运之神福尔图娜。也许，在这个情况下带来羊角的人，当他在胡恩瑟拉尔耳边低语的时候，带着一股硫黄的味道。

蘑菇之地发展成了一个繁荣而富饶的地区。那时候，我和我亲爱的妻子艾丝特已经结婚好几年了，父亲去世之后，我们留在了玩偶水坝的老房子里。我们的婚姻很简单，没有孩子，但在相处的这些年里，我们一直都很快乐。她在1996年去世了，以一种我们都愿意的方式：安静地，在睡梦中从所有年老带来的腐烂中解脱。她脑膜上一根细小的静脉爆裂了，根据医生的说法，她三秒内就死了。

是的，上帝应该都用这样的方式带走我们，但并不是每个人都能有这样的运气。有时候，命运会走向其他的岔路，就像1976年那样。

这对夫妇是典型的有钱人，态度傲慢，你偶尔会见到这样的人。他们是从阿姆斯特丹到马尔肯沿途旅游的美国人，就像所有的游客一样，他们给穿着本地服饰的当地人拍照，在某家纪念品商店买一双木屐，这样当他们回到堪萨斯或者得克萨斯或者别的什么地方之后，可以告诉别人他们在荷兰的经历。那些年，我们看到来这里的游客越来越多——没有像现在这么多，但是已经多到足以让这个地区的老人时不时感到一种怀旧的忧愁。

在6月26日那个血腥的傍晚，我在胡恩瑟拉尔的土地上遇到了他们。维米尔外墙上挂着的国旗，无力地垂在旗杆上，连边缘都没有一丝轻微的摆动。空气很干燥，天空阴沉沉的，郁金香田散发着甜美的味道，让人在这腥热的天里感觉头晕目眩。

在回家的路上，我到布鲁克因瓦特兰的市场里买了几袋狗粮，然后看见了大卫·胡恩瑟拉尔，他疯狂地打着手势，跑过开着花的土地。我把雪铁龙停在路边，后面是一辆开着引擎的深红色达夫。从它肮脏后窗上贴着的贴纸看来，这是一辆史基浦租车公司的车。敞开的车门里传出响亮的音乐声。

“混蛋！”胡恩瑟拉尔咆哮着，“离开我的土地！滚出去！白痴！”

我很快就意识到了车的主人是谁。我随即问自己，为什么上帝会创造出美国游客这样的人？为什么世界那么大，他们偏偏选择了在胡恩瑟拉尔的土地上展现愚蠢？我小步跑下低矮的堤坝，靠近骚动的地方，穿过小路的时候注意着不要踩到那些郁金香。在这田地里，它们散发着强烈的奇怪的气味，几乎是种非自然的味道，比腐烂的橘子味道还要浓烈。

这对游客已经喝得烂醉，听到咆哮时，他们大笑起来。他们可能是在主街道的某家酒吧露台上喝了一堆啤酒；没有掉下堤坝也是一个小小的奇迹。他穿着一件印刷着“我♥荷兰”的 T 恤和一双昂贵、锃亮的皮凉鞋；而她原本穿着一条碎花夏裙，现在把裙子脱下扔在了一边的草地上。这位太太穿着内衣，四肢伸展躺在郁金香做的床上。她半裸的身体上也摆放着郁金香，是她的丈夫放的，齿间也咬着一朵。他站在她身边，手里拿着他昂贵的佳能相机，拍完这组照片之后他们会做些什么也是显而易见的。

胡恩瑟拉尔愤怒极了。他是真的非常愤怒：他的嘴唇颤抖着，紧紧抿着，像瘦小的牛肝一样。这对游客丝毫没有意识到他们做了什么错事，在胡恩瑟拉尔的吼声里，我试图用战争中跟加拿大人学到的一点点英语跟他们解释。美国人无比友好地道了歉，然后拍了拍我的背，好像我们已经相识多年。他的妻子蹒跚着站起来，身上盖的郁金香掉到地上，她毫不在意地开始穿裙子，笑着，摇晃着，从一只脚换到另一只脚。我看见她躺过的地上压着数十支郁金香，茎都被压断了。

"你做了什么！" 大卫·胡恩瑟拉尔咆哮着。他想揍她，我赶紧跳到他们中间。我决定对酒后驾驶开一张罚单，然后把这笔罚金给胡恩瑟拉尔，补偿他被破坏的作物，希望可以平息他的怒火。美国人顺从地给了钱，胡恩瑟拉尔也接受了这个提议，但他的眼神流露出一种深深的怨恨，让我在压抑的热浪里起了一身鸡皮疙瘩。

我徒步把这对游客送到了库艾斯特拉酒馆，那里是离他们最近的可以睡一觉的地方，并承诺下午把他们的车也开到那里。离开之际，那个女人又一次以风车磨坊为背景摆了个姿势，然后跌跌撞撞地摔倒在郁金香中，大笑起来。大卫·胡恩瑟拉尔愤怒地捏皱了手里的钱，什么也没有说就离开了。

在那天剩余的时间里，我觉得我有些喜怒无常，有些慌乱。我的嘴唇很干，我喝了一杯又一杯的水。我不知道把那两个愚蠢的人送到酒馆对不对。身上的汗味让我感到非常恼火，它就像一个坚固的物体一样包围了我，所以我换了两次衬衫。艾丝特问我是不是发生了什么，我感到很惊讶，然后发现自己在发抖。

你在害怕，对吗？我自言自语。那天晚上完成巡视之后，我沿着堤坝走在回家的路上。一直反抗带项圈的姆尔，在我身边静静地小跑。你在害怕，因为你们和胡恩瑟拉尔一起保守着一个隐秘的、卡夫卡式的秘密。而现在你有一种感觉，可怕的事情将要发生，无法阻止。

我静静地走着，努力不去听脑子里的声音。接下来，无尽的郁金香田在道路的右侧消失了，取而代之的是农场和一些房屋。养牛人这个时间已经把牛关进了牛棚，棚顶的广告牌上写着蘑菇种植者的电话号码，在明亮的星空下只看得见剪影。月光照在田野上，已经是六月中旬快要月圆的时候了，只有我和百万只蟋蟀组成的合唱团看见了它。

“这不是您的辖区，先生。也许您最好离开这里。”

夜晚很闷热，但是我止不住地颤抖着。来自过去的、幽灵般的声音突然出现，异常地清晰，而我绝对不喜欢它。我隐约害怕地意识到，这不是大卫，而是维姆·胡恩瑟拉尔说过的话。

过了那么久，再一次出现。

郁金香的气味重重地压向我，让我感觉很不舒服。我歪着头站了一会儿。左侧堤坝的水沟后面就是田地，它们无限地对称，一排排站立着，就像一个迅速隐入夜色的军团，等待着指挥官的命令。

没有人见过他播种，他不可能独自一个人完成，这一点你也和我一样都知道。但确实没有任何人受雇。

郁金香沙沙作响，就好像在窃窃私语。月光下它们不再美丽，变得很黑，就像采石场里冰冷的湖水。这里一点也不美，一点也不好。这些六月的郁金香，它们很不正常，就像独眼孩子的诞生。

姆尔轻声呜咽着。我继续往前走，试图把思绪关起来。然后老磨坊出现在视野里。让我感到惊讶的是，我看见风叶在悄悄转动着。虽然没有风，木框上的细麻布软绵绵地挂着，但是风车在转。

就是那个磨坊。只要风车转起来，就有什么东西不太对劲。

为什么胡恩瑟拉尔要让风车转起来？风车的运转和郁金香的生长有着某种邪恶的关联，没必要否认。他的土地上开出了花朵，很快就可以收割了。

突然一个声音传来，姆尔像被蜜蜂蜇了一样拔腿就跑。

这声音从左边传来，从下面传来。我不由自主地盯着堤坝边休耕的绿地。有一个黑色的东西在干涸的排水沟出口移动着，这排水沟从地下通过，用于给牧场排水。姆尔从喉咙里发出一声低沉的咆哮声，我突然感觉到了害怕，或者说恐惧。但我却只能在那里等着，等着看是什么东西正缓慢却有着明确决心地，从地下爬出来。

我无法描述我的所见。姆尔恐慌地呜咽着，疯狂地拉扯绳子。我甚至叫不出声，好像肺里空气不足一样。我在那里站着，开始发抖，两条腿像细细的木板条。

爬上堤坝的怪物，是维姆·胡恩瑟拉尔。他的头以一个疯狂的角度挂在脖子上，绳子的勒痕在脖子苍白的皮肤上依然清晰可见。他的嘴巴张着，露出痛苦的笑容，一只烂手用力地抓着草，而草却沿着斜坡往下滑。我听见它们被连根拔起，也听见堤坝的沙子向下流动。

但那都不是最疯狂的。最疯狂的是，从那只腐烂的手里，长出了小小的、淡绿色的茎，末端是白色的，卷曲着——从这个腐烂的怪物身上，好像长出了郁金香。

那东西感觉到我了，我知道的。只要它爬到堤坝上，就会抓住我，把我拉进排水沟里，在那里等着我的是沉睡的黑暗恐怖。所以我做了一件生命中从来没做过的事：我拔腿就跑。姆尔也跟着我一起跑了。

我只回头看了一眼。

那东西消失了——如果它曾经出现过的话。它离开了这个堤坝，排水沟安静又黑暗。有没有可能是我被内心的恐惧吓跑了，而整个事件都是我幻想出来的？我不知道。我可以告诉你，我一步没停地跑回了家，到家的时候已经精疲力竭。我的心跳得很快，让我觉得可能会突发心脏病。我坐在桌子的一角喘着气，眼睛盯着门的方向，就这样坐了半个小时之后，我才给自己倒了一杯干雪莉酒，然后一饮而尽。

我还可以告诉你，姆尔整晚都躲在咖啡桌下不敢出来。在那个堤坝上，有什么东西伤害了它。不管是郁金香的耳语，还是什么其他的东西，这个问题我不想回答。那天晚上我也没有睡着。我躺在床上，因为恐惧而神经紧张，有一点声音就会吓一跳。那个念头在我脑子里萦绕着，就像一个重复出现的噩梦：只要那个风车转起来，那里就有什么东西不太对劲。要是你问我的话，我看那老头的魂魄还待在某个地方。在那时我就知道，有什么可怕的事情要发生，或者已经发生了。我不知道将发生什么，也不知道什么时候会发生，但是毫无疑问一定会来。

第二天早晨终于到来了，一大早我就听见有人在猛烈地敲窗户，艾丝特从睡梦中惊醒。是乔珀·库艾斯特拉。我从来没有见过任何像他那么惊恐的人。他的喉结上下滚动着，脸色看起来就像一块旧抹布。

“这……这太可怕了……”他几乎说不出话来，声音听起来不像人类，好像喉咙里塞满了脂肪。他清了清喉咙，说道：“您必须跟我来，趁现在还早……”

我让我担忧的妻子给他倒了一杯酒。同时，我到客厅的柜子里拿了我的配枪。我从不随身携带它，也只有一次不得不用它指向了一个人，那是在 1958 年，有一个城里来的抢劫犯想要抢劫维米尔。但是它一直都装配好子弹放在那里，以备不时之需。现在看来到了它派上用场的时候。

库艾斯特拉的脸上恢复了一点血色，但还是没有勇气说出发生了什么。我穿上大衣，然后我们一起出发了，我把枪放在口袋里，不停地伸手摸向它。到了半路，我们不得不停了下来，因为库艾斯特拉的恐慌突然发作了，他的手根本握不住方向盘。他大声呻吟着，我因为这个声音而颤抖，既尴尬又害怕。我从来没有听过一个男人这样呻吟。

当我们沿着摇摇晃晃的楼梯走向酒馆顶楼时，我闻到了一股糟糕的、压倒性的恶臭，强烈的气味挤压着我的肺部。这是我闻过最可怕的味道。就好像在这通道的尽头有什么死掉的东西正在腐烂，有什么东西曾经甜美，现在被毁坏和玷污了。

“乔珀，看在上帝的份上，究竟发生了什么……”

库艾斯特拉走在我前面，他用大衣的领子掩着鼻子和嘴。他撞上了挂在天花板上的可怜的小灯泡，昏暗的灯光在木板上来回舞动。然后他打开通道尽头的门。一股病态的恶臭向我们袭来，清晨的第一缕阳光从东边的窗口照进来，让我看见了直到今天还不断地出现在我最可怕的噩梦里的东西。

这间小小的农民客房，里面长满了郁金香，到处都是。昨晚，风车转了一整夜，所以这里长满了郁金香。我紧紧地抓住门柱，急促地喘息着，发出了可怕的、嘶哑的声音。郁金香从随意地扔在老布艺椅子扶手上的衣服里长出来。它们从打开的手提箱里长出来，从缠绕在那上面的皮带中长出来，甚至从金属开关里长出来，金属开关已经变得弯曲，失去了光泽。它们长在地面上，在臭水沟和绿色的植物水汽中，从我昨天还在胡恩瑟拉尔的土地上看见那游客穿过的皮凉鞋里长出来，也从那对美国人的身体里长出来。

他们躺在床上，那个男人已经死了，你一眼就能看出来。他以一种可怕的方式被抽干了，几乎成了木乃伊，嘴巴张开着，露出一种痛苦的笑容，就和从排水口爬出来的怪物脸上的表情一样。从他剥落的灰白皮肤里长出的郁金香茎长满了整个躯体，但是大部分的茎干已经变成棕色，花球失去了生命的色彩，叶子也在枯萎。这个男人被吸干了，所有的营养物质都耗尽了。

而那个女人还活着。她挣扎着，但是没办法爬起来，因为看起来健康而充满生机的深绿色茎干从床垫长进她雪白的皮肤里，把她像十字架上的基督一样固定在床上。她全身裸露着，原来长着阴毛的地方现在只剩下了叶子。茎干不管从全身上下哪片皮肤里长出来，都是紫色的，带着裂纹，就像吻痕，或者被感染的缝合伤口。从她的身体里长出来的郁金香，有着血红的大花球，散发着肥沃的光芒。

在哪块土地上种植无所谓，那来自过去的声音说着，只要有足够的土壤用于种植就可以。

“胡恩瑟拉尔，上帝诅咒他……”我听见库艾斯特拉在我身后低声说。他画了一个十字，然后用一个简单的手势抓紧了我的手。

床上的女人抽搐着，她看见我们之后，喉咙发出了尖叫的声音。她没法说话，因为郁金香从气管里长出来，穿过口腔和下唇的肉伸到了外面。她的眼睛在眼眶里疯狂地转动，然后她看见了那个已经被抽干的男人，看见了等着她的命运。他们的每一个动作都带动郁金香上下晃动着，沙沙作响。

我突然重新获得了对身体的控制能力，我冲上前去，冲向床的方向。“我们必须救她！”我气喘吁吁地说，但是库艾斯特拉没有过来。他靠在门柱上，颤抖着，手指已经被咬出了血。

我必须做点什么，必须把她从这种疯狂的监禁中解救出来。我抓住从她胃里长出来的一支郁金香，折断了它。茎干颤抖着，好像是活的一样，然后从中喷出了噩梦里才会有的东西，像春天的洪水一样：一股浓浓的血液。紧接着是可怕的脓状物质，像是从她的内脏直接流出来的。那个女人咕噜了一声。胡恩瑟拉尔以前说过的话压迫着我的神经，现在我对其背后的含意有了可怕的、清楚的理解。我意识到郁金香正在吸取她的体液，从她身上吸取生命，就像吸血鬼吸食年幼的处女。

这也超出了我能承受的范围，于是我跑出那个房间。上帝诅咒他。他不能存在于这世上。

四月，阳光普照，外面已经不怎么冷，但是卡雷尔仍点燃了壁炉，在烤架上燃烧的木块噼啪作响。他说他很喜欢闻这个味道。我们都很喜欢闻这味道。它闻起来很真实，仿佛只要这火还在燃烧，我们就能继续活着。电视机开着，RTL5 台一直播放的新闻速递正在说着集体劳工合约里的陷阱，但没有人真的在听。比我们年轻两代的游客骑着车从外面经过，我们透过大大的窗户渴望地看着他们，窗外看得见大路，也看得见古老的沼泽。墙上的钟镇定地走着，好像永远不会停止。

门铃响了，维米尔把头伸出板条。“格利特。”他叫道。

“最近怎样，孩子？”小杨·普拉茨玛喊道，他起身把扶手椅转向右边，刚刚他还把脚放在那椅子上。

“我厌倦了这种疼痛。”这声音从店里传来。过了一会儿，板条被推到一边，格利特·迪尔斯曼走了进来，他穿着大衣和三件套，自从他的公司在 1986 年破产以后他就一直穿着这一身。肘部已经有些磨损了，他瘦了之后衣服也变得有些不合身，但他很喜欢穿，它让他保持了自尊心。大家都知道这几年以来他的风湿病已经变得难以忍受，他已经不能仰面入睡了，但是只要你不问，他就不会抱怨。他已经受够了。我们也受够了。

“要咖啡吗？”维米尔问道。

“经历了今天这事之后，杜松子酒才是我需要的。给你们每个人也都倒一杯。”

“稍微注意点给自己灌了什么东西，知道吗老头？”维米尔说，但还是从架子上拿了一瓶酒，然后从柜子里拿出五个玻璃杯。

“发生了什么，格利特？”我问。

老格利特把他的大衣挂在炉子上方，然后从内侧口袋里拿出一个白色的信封。“这就是发生的事，”他坚决地说，“邮递员刚刚把信送来。我们被赶出家门了。把杯子递一下，卡雷尔。”

盖斯刚想点燃烟斗，又放下了火柴，把杯子握在僵硬的手指间：“你说什么？”

维米尔把灌满的杯子递给每个人，我打开了格利特的信封。他在杨·普拉茨玛旁边坐下，用手搓着后颈，发出一阵摩擦的声音。我戴上眼镜，开始读信，大家都沉默着，小口喝着杜松子酒，炉膛的温暖充满了整个房间，沿着壁纸和泛黄的年历向上传递着热量，也渗进我们的骨骼。唯一能听见的声音是盖斯呼吸时偶尔发出的轻微的喉音。“从玛士撒拉中幸存的玩偶水坝人的静物画”，如果这场景被悬挂在博物馆里，一定是这个名字。

这封信是由约布·柯亨签署的，收件人是“亲爱的阿姆斯特丹北部瓦特兰的居民”。它用简短而官方的几行话通知，阿姆斯特丹市议会决定从2008年开始进行瓦特兰的城市改造工程，这是一个在市区范围内进行的新的城市扩张项目，必须在2014年完成。这里将建造一些现代化的新楼，为两万四千人提供住宿。布鲁克尔米尔、南边的贝尔莫尔、古老的沼泽地和花田延伸的区域，都在拆除的范围。孙德多普和兰斯多普的居民不必担心，因为旧的村中心将得到保留，但新豪街沿线的房屋将被拆除，因为计划中这条街将得到大幅拓宽。换句话说，除了我们得到的遣散费，我们有三年的时间要么死去，要么拖着衰老的身躯搬家。

“我的天哪。”我沙哑地说，然后清了清喉咙。我把这封信读给其他人听，我读完后大家都陷入了沉默。卡雷尔·维米尔去看了看他的邮箱，然后带了一封同样的信回来。他又读了一遍，然后把头埋在了手里。盖斯点燃烟斗，一缕蓝色的烟向着烟囱飘去。

“会有人不和他们站在同一边的。”最终，杨·普拉茨玛喃喃地说。

“什么，你要用你这把老骨头去游行抗议吗？”维米尔说，“能有什么用……”

“我不是那个意思。你刚刚说了贝尔莫尔对吗？”他啜了一口杜松子酒，我们都看向他。然后我们意识到了什么，全都睁大了眼睛。

“哦，圣母玛利亚，” 格利特说，“哦，神圣的圣母玛利亚。”

我直到现在还记得他说出最后几个字的时候，那颤抖的声音。事实上它概括了所有我们想说的话，甚至更多：它象征着那突如其来的、强烈的认知，是如何扭曲了我们的现实，直到一切都消失了，只剩下一声抽象的、鲜红的尖叫声，把我们的记忆一掌拍回了 1976 年那黑暗的几个小时里。

因为我们都知道他能做到什么。

那时，我们犹豫地在楼下的酒吧里等待。我的手颤抖着，我不记得有比那时更害怕的时刻了。过了差不多一个小时之后——时间已经到了七点——我们才敢到通道尽头那个楼上的客房里去看一眼。恶臭已经弥漫在整个酒馆里，虽然它已经失去某种蕴含的力量，却产生了一种更为强烈的气味——一种腐烂在沼泽里的尸臭，让我差点在楼梯上吐出来。

他们正在融化。那个女人还能隐约辨认出一个棕灰色的人形，但是她丈夫曾躺着的地方现在只是在床垫上一个由植物和人类的水汽凝结而成的臭水坑。遍地生长的郁金香都已经枯萎；种植的土壤已经枯竭，正缓慢地溶解到腐烂的污泥里，花茎也软软地浮在上面。你找不到一丝美国人的痕迹：郁金香把所有的证据都掩盖了，吞食了，然后最终，枯萎了。

在高温把臭气变得让人难以忍受之前，在它扩散到整个莫尼肯布鲁克之前，我们村里的四个男人悄悄地清理了一切。库艾斯特拉酒馆后面的停车场也需要清理：郁金香抓到了美国人租来的汽车，那个地方也一样没有留下什么东西，只剩下一个巨大的绿色水坑。我们处理完一切之后，我禁止他们所有人把这疯狂的事告诉任何人。这秘密最好是掩藏起来，然后——多么苦涩的笑话——被遗忘。我们目睹了胡恩瑟拉尔能做到的事，除了送死，我看不到试图对付他能有什么结果。我很害怕，害怕至极，是我们让事情发展成现在这样，因为我们之前没有采取过任何措施。不管是在堤坝上和怪物对峙，还是酒馆客房里的奇异景象，都让我得到了一个结论——四周徘徊着某种力量，只要魔鬼般的播种者看上了某块土地，它就会种上自己的郁金香，上帝保佑。

我回家之后睡了一整天。晚上一场暴风雨降临，结束了高温天气。就在暴风雨来临之前，莫尼肯布鲁克的一群蠢货带着石油、火把和干草叉去了胡恩瑟拉尔的磨坊，想结束他的行为。某个人——库艾斯特拉或者其他的某个人——没有管好自己的嘴巴，钉死了自己的命运，也向其他无辜的人挥动了命运的权杖，而也许在他生命最后疯狂的时刻里，他会止不住地想："我们怎么知道会这样？"

我不知道那是谁。我也不知道过程究竟如何，因为我不在现场。我只能靠想象去猜测那里发生了些什么，但想象中的画面都十分真实。

也许他们及时赶到了磨坊，然后四处泼洒石油。也许他们看见大卫·胡恩瑟拉尔站在院子里，双手伸向天空，就像是他自己创立的邪教的主教一样。而在他身后，他瘦高的儿子用愚钝的双眼怨恨地看着他们，同时第一道闪电划破了天空。然后也许他们看见风车转了起来，郁金香开始生长，于是他们扔下干草叉，尖叫着逃走了。

有一件事我是确定的，那就是他们在被胡恩瑟拉尔报复丧命之前，放火烧了磨坊。风暴来临，当我弯腰探到窗外去关窗的时候，看见了北面的天空中明亮的橙色光芒。我赶紧穿上雨衣向外跑去，穿过新豪街一直跑到通向莫尼肯布鲁克的分岔路。我预见到有可怕的事发生了。雷声卷过整片草地，倾盆的暴雨浇湿了我裸露的皮肤，但我继续跑着，浑身湿透，跑在空无一物的路面上。越过沼泽地之后，我看见了胡恩瑟拉尔的土地，我惊得下巴抽搐，发出无声的尖叫。

磨坊在燃烧，风车正在转动。黑色的烟雾从屋顶上升起，在咆哮的火焰中，木质的骨架清晰可见，就像一只巨大的史前怪兽。四片风叶也在燃烧，并且在强有力的转动中喷射着火焰。这场大火照亮了四周，在这个灾难性的夜晚显得尤为不善。

我不由自主地朝那个方向走去。我必须看看情况有多严重，看看还保留下了什么。在胡恩瑟拉尔土地的几百米之外，我发现了一个人体形状的抽搐着的物体，上面长满了沙沙作响的郁金香——是某一个逃出来的人。我继续走了五十米，不敢再往前走了。

莫尼肯布鲁克被开满了郁金香的地毯掩埋。堤坝上的房屋已经不再是原来的样子：一切都被弯曲、扭曲了，所有突角都长满郁金香变成了圆角，排水沟里灌满了绿色的植物烂泥。蘑菇种植者的广告牌被推倒了，上面的字淹没在大片的花海里，变得难以辨认。我看向德克·斯鲁伊斯的谷仓，那屋顶突然塌了下来，仿佛郁金香完全吸干了支撑的梁柱，屋顶因为太重而坍塌。雨水哗哗地落下，熄灭了胡恩瑟拉尔磨坊的大火，让晒干的地面再次变得肥沃，然后沾染上村里甜美的郁金香气味。接着，从残存的房屋里传出了里面住着的人的尖叫声，听起来几乎不像是人发出的。他们正无助地、无可避免地逐渐走向死亡。

然后我听见它们来了。

当郁金香离得越来越近的时候，我仿佛听见它们在窃窃私语。我并没有看着它们长出来，可是我每看一眼，它们就好像变得更多了。一开始它们只长到了我左边农场的院子里，现在已经蔓延到通向堤坝的道路的半路。我向后踉跄了一步，差点绊倒，下一刻就看见它们已经蔓延到路边的一排邮箱上。其中一个邮箱被打开了，一封信落在路边，纸张很快被雨水湿透。我眨了眨眼，下一刻那信封里已经长出了茎干。

我转身逃走了，没有回头看。我感觉不到雨水，我闻不到燃烧的气味。我只能听见郁金香的窃窃私语，听见它们就在我身后，没等我经过父亲亲手插进地里的莫尼肯布鲁克的路标，它们就蔓延到了那里。在回家的路上我只记得我大声地唱着“沿着一个绿色的磨坊”——一首我母亲总是对我唱的老儿歌——只记得我笑着，只记得我想着我可能要疯了。

那是莫尼肯布鲁克和蘑菇之地的终结。第二天，我和卡雷尔·维米尔上了车，向着岔路口开去，路标已经被一片明亮的黄色郁金香取代。胡恩瑟拉尔的磨坊从远处的地平线上升起，就像一块怪异的柴火。磨坊被毁坏了，但好在有那场暴雨，所以可能还不到无法修复的地步。莫尼肯布鲁克本身已经不见了。郁金香田悄悄地延伸到了所有风吹得到的方向。原来长期用于蘑菇种植的大棚现在变成了低矮的山丘，长满了盛开的郁金香，仿佛在那张地毯下面仍旧躺着一具尸体，而吸血的花正贪婪地吸食体液。一周之后这些山丘也将全部沉没。发臭的绿色水坑散发的植物水汽很快就能渗进雨后又变得肥沃的土地里，为下一次的收割做好准备。

那一年，在北荷兰省的很多花园里，除了郁金香，还长出了蘑菇。

我下了汽车，走在胡恩瑟拉尔院子里松散的沙子上，关上了大门，扶着我的手杖。我现在已经走得不太灵便了。虽然手杖确实很有用，但是我已经不再适应连续四天的夜间活动了。昨天晚上回家的时候，我在门垫上发现了一封信，同样也来自市政府。所以昨天在维米尔，拼图突然拼成了。我们都知道胡恩瑟拉尔最近一直在做什么，但一直不明白他是为了什么。现在我们明白了。

我见到的这个男人看起来五十多岁的样子，但是我知道他不会超过四十五岁。毫不意外，他看起来就和那个在 1951 年对我说我们最好互不干涉的男人长得几乎一模一样，也和那个在 1924 年，当我还是个小男孩的时候，和我父亲说过话的男人长得几乎一模一样。大卫·胡恩瑟拉尔在 1991 年去世了，这是他的儿子，但站在这里的就好像他本人一样，或者是他的祖父。

“有什么事吗？”他吼道。他穿着一件绿色的棉衬衫和一条肮脏的工装背带裤，然后他在上面擦了擦手。

“下午好，”我说，然后清了清喉咙，“我是……”

“我知道您是谁，我的父亲跟我说过您。您来这里干什么？”

我退了一步。他的眼睛里闪烁着一些我认得的东西，一些完全就是大卫·胡恩瑟拉尔的东西，我突然意识到他不仅仅是长得像而已。我正在和一个鬼魂说话。我上一次看见鬼魂的幻影是在 1976 年，七年之后我就退休了，一个来自兰斯多普的公务员接手了我的工作。在那之后，我再也没有去过贝尔莫尔，尽管那里离我住的地方还不到四公里。开车去布鲁克因瓦特兰的时候我更愿意走途经孙德多普的那条路，那个村庄曾经住着蘑菇种植者，奇怪的是从那时起一直有人失踪，现在只剩下郁金香田，上面什么也没有。

这是二十九年以来我第一次到这里来，此地仍然被同样的黑暗的邪恶统治着。

“不论您在计划着什么，”我轻声说道，“请不要那么做。”

大卫·胡恩瑟拉尔的脸扭曲了，他之前兔唇的痕迹变得痛苦而清晰。“一个半星期之前那些官员来了这里，他们拿着闪亮的手提箱，穿着过时的衣服。他们给了我两年的时间，这些蠢货，他们以为可以就这样从我手里买走我的土地。”

没错，胡恩瑟拉尔是企业家，也是一大片土地的所有者，所以这些愚蠢的人单独拜访了他，而不是只给他寄了一封信。他们还不知道自己给脖子上方悬了什么。

他往地上啐了一口。“如果要我给您什么建议的话，我会建议您尽快离开这里。”说出这句话的时候，他的脸在充满水汽的阳光里变得苍白，然后逐渐变得丑陋可怕。他的脸苍老起来，肉从骨头上剥离，一股腐烂的死亡气息让我作呕。一开始我以为是可怕的幻觉，但很快我就认出他是当时从堤坝下面的排水沟里爬出来的东西。然后我看见他的脖子，在腐烂的皮肤上，有绳子的伤痕。我站在维姆·胡恩瑟拉尔面前，这个在 1929 年上吊自杀的人，从他的脸上长出了新生的郁金香细小的茎干。“我还需要花上一天或者十天、十二天，让一切都运作起来，”他用一种气泡一样的声音说着，这声音听起来已经完全不是人类的声音，“到那时你最好离开这里。我得和阿姆斯特丹市政府解决这些问题。而我也不准备停手。我能做到很多事。”

我踉跄地退了一步，靠手杖支撑着才没有跌倒。胡恩瑟拉尔身后立着那个磨坊，它在 1977 年被重建了，然后年复一年地转着，给周围的田地带来丰厚的收成。磨坊后面的牧场里升起了巨大的起重机，它遵循建筑师和一群工人的指挥，吊起细长的风车固定到属于它的位置。这就是那种真正的地平线污染物，白色的柱子有老风车磨坊的三倍那么高，螺旋桨有一座大房子那么大。更远处还有六个这样的风车，它们沿着堤坝站着，彼此之间隔着一大段距离。

我回到车上，看见院子边有一块大木合板，上面写着：“瓦特兰风车公园，四月中旬建设完成。”堤坝这一侧的土地属于布鲁克因瓦特兰政府，他们显然对胡恩瑟拉尔的计划有激烈的反应。木合板上郁金香的图像下面写着某个关于绿色电力的口号。

这就是今天早上发生的一切。我开车离开了那里，回到家时我感觉仿佛在未来穿越回了从前一趟，就好像胡恩瑟拉尔的磨坊把过去以某种方式停在了那里。但我知道那是一个错觉，就像从我小时候开始就一直悬浮在维米尔店里的咖啡豆和烟草的气味，让人产生了过去一直存在的错觉。未来在两边都清楚地昭示着它的到来，在这边是以市政局的信件的方式，而在胡恩瑟拉尔那边是以院子外的木合板的方式。现在这房子已经不是我的家了。曾经那么富有荷兰特色的我的家园，变成了一个像爱德华·蒙克的画《呐喊》里一样的地方，空气像血一样鲜红，而未来像死亡一样黯淡无光。那个尖叫的人就是我。

我因为彻底的绝望而尖叫，因为这里变成了这副模样。

在后来的某一天，我带着心里的伤痛离开了，这伤痛将伴随我余下的几年甚至只有几个月的时光。一些老家伙将会陪着我。我不知道我们该走多远——也许到 A9 高速公路的南边就足够了。但相较于不确定的选项，我们最好还是选择更确定的选项，不是吗？格利特·迪尔斯曼建议道，在他看来，那里是一个能让他安享晚年的地方，美丽而悠闲。谁知道呢？

因为当我展望未来的时候，我看见风车旋转着。当我展望未来的时候，我看见郁金香田无限地延伸，一直到整条红色的地平线。当我展望未来的时候，在蘑菇之地，以及那以外很远的地方，除了郁金香和风车之外，我什么也看不见。

（厉青冰 译）

# 背景

Achtergrond

头条村的一切都是用报纸做的。

“最新消息，最新消息！”

他们一边呼喊一边展示自己身上的消息。

爸爸总会在我睡前给我讲一个好听的故事。我没法把所有的故事都说给你听，因为至少得有一万亿个。其中有一个是这样的:“在很久以前,有一个村子,这个村子叫作头条村。”

“为什么叫头条村呀？”我问。

“因为它是以创始人的叔叔头条先生的名字命名的，头条先生是个伟大的人，他在之前一年把表弟从着火的壁炉里救了出来。不过这不是重点，头条村。”

“你老这么说。”

“什么？”

“这不是重点。”

“就是说它对这个故事来说不重要。”

“可是很多时候我都挺想知道的，能让我更好地理解故事。”

我看出来他不喜欢我打断了他。“让我用我的方式说完这个故事，可以吗？”

“好吧。”

“你必须知道——”

“爸爸？”

“托马斯……”

“是真的有头条村，还是只在故事里有？”

“当然真的有。我什么时候骗过你呢？”

我直直地看着他。“大钢琴闹鬼的那次。”

“好吧，是有那么一次，但是那个钢琴调音器出了那样的事，我还能怎么说呢？我想说的是，头条村的一切都是用报纸做的。房子是报纸做的，街道、树木、动物，甚至那里的人都是报纸做的。刚出生的报纸宝宝们身上闻得到新鲜的墨水气味，而年纪大的就开始泛黄，长出皱纹。头条村的人们喜欢阅读彼此身上的标题和消息，尽管那些都已经过时了。如果你身上有重大的好消息，就很可能获得很高的社会地位。但如果你出生在灾难时期或者金融危机期间，这些都会在你身上的新闻里体现出来，那么你注定就只能从事烦人的杂务工作，比如收废纸，或者那些危险的工作，比如火化死者。”

“现在你可以想象，在头条村，下雨具有两面性。因为那里气候比较干燥，连毛毛雨都很少下，不像我们这儿。我们是什么气候呀？”

“海洋性气候！”

“好样的。但头条村不是这样的。在那里，大家都很喜欢下雨天，因为雨水可以冲散身上的墨水，让字母都重新组合，变成新的词汇，组合出新的消息。整个社会也就因此发生了一些改变，变化本身总是好的，就算最后改变出什么不好的事。如果你运气好，雨后身上的新闻就有可能从坏消息变成好消息，你就可能因此成为一名议员。当然，也有一些不那么幸运的人，他们身上的字母重新组合成了一堆乱码，那么他们就会被送到一个特殊的地方。”

“这也太惨了。”

“比一个因为意外而疯掉的人更惨吗？”爸爸说。我想起上次尼科琳舅妈在汉克舅舅去世之后给我们寄来的明信片，她告诉我们自己染出的胎记可以保护她不受移民局那些能读取她思想的 α 射线的侵害。爸爸说的没错。可怜的尼科琳舅妈，长时间缺氧对一个人也是不好的。

“一场雨之后，一切都变了，所以整个村的人都跑了出来。大家聚到一个广场上，好奇地阅读着彼此身上新的标题和消息。大家都需要重新相互认识一次。‘最新消息，最新消息！’他们一边呼喊一边展示自己身上的消息。孩子们玩着游戏，比如扔报纸或者填字游戏；情侣们在雨中拥抱，他们身上的墨水也混在一起，演绎着爱情。”

“好恶心！”

“别这么幼稚。”

“我只是觉得这很脏。”

“你知道，你妈妈和我就是这样创造了你。”

“那我下辈子要做一个试管婴儿。”

“但是如果一直下雨的话，就是另一个情况了。持续的降雨会让人担心。每次雨季来的时候，头条村就会陷入一团乱麻纸的混乱中。所有的社区和议会都致力于处理这个不断出现的问题。头条村最崇高的‘观点’牧师，还有议员们，他们都不太务实。”

“务实？”

“就是以结果为导向。”

“哦，懂了。”

“……他们把希望寄托在上帝身上，呼吁大家在云层聚集到头条村上方的时候祈祷。但郊外有一间用发黄的旧报纸剪贴拼成的屋子，上面印着的古荷兰语还都是用‘sch’结尾的。这屋子里住着‘版权页’先生，这位老医生总喜欢像牧师一样跪着，然后表演他祈祷雨停的停雨舞。因为多年以来总是暴露在倾盆大雨中，他身上的标题已经全都糊成一团，所讲述的故事已经是完全不连贯的、零碎的。但是他的停雨舞成功了：随着季节变换，乌云散去，头条村免于淹没。那些觉得版权页先生疯了的议员们扬扬自得地宣告，说上帝听到了他们的祈祷。但我告诉你，是版权页先生的停雨舞起了作用，而其实村里的其他人也都知道这一点。

“暴雨过后的一天早上，牧师在报纸做的教堂的门垫上发现了一个摇篮，里面躺着一个正在哭喊的婴儿，由一张完全空白的报纸做成。大家都猜测，他的父母大概是觉得这个奇怪的、没有任何印刷的孩子让自己丢脸了，因为不仅他在社会上不会有任何出人头地的可能性，而且他的生命本身对于头条村也没有任何的意义。如果身上少印了些什么，倒也没什么要紧；但如果谁没被印刷上，就很少见了。这也就是白化病患者被解雇的原因。没人愿意收养这个孩子。牧师有一颗善良的心，所以他用牛奶抚养他长大，并给他起名叫‘背景’。”

“如果他给这孩子喂些黑色的东西，”我建议说，“咖啡之类的，背景身上可能会长些什么文字出来。”

“没错，”爸爸说，“但他们只给他喝牛奶，你觉得这是为什么呢？”

“我觉得他们是怕他。”

“我爱你，托马斯。”

我自豪得脸颊发光，但因为我想听他说出来，所以问道：“为什么？”

“因为你非常大胆。”

我觉得自己是世界上最好的儿子，而他是世界上最好的父亲。我问：“爸爸，你会经常想念弗朗辛吗？”

“偶尔吧。”他耸耸肩说道。

“他们其实不应该把她带去做那个实验的对吗？”

“那次是偷袭。而且承认吧，作为一个姐姐来说她确实非常烦人。”

“这倒是。”我说。我尽可能地蜷着身子靠在他身上。

“背景是一个很特别的孩子，他充满了梦想，虽然外表上有所缺失，但内心却十分丰富，可是头条村的人们却看不到，因为他们不习惯用外表之外的东西进行判断。他们不了解背景，背景也不了解他们。牧师在他床架内部贴上了专栏、评论和股市报告，尝试着教育这孩子。但是当他第二天给背景拿牛奶过来的时候，这些文章都消失了，印刷的东西变成了日出、鸟群和薰衣草花田，全都不是报纸做的，而是——所以，到底是什么呢？背景很热爱透明而清澈的色彩，因为在头条村，颜色是稀奇的，几乎所有东西都是黑白的。牧师怀疑这都是恶魔干的，所以他抢走照片，撕毁了它们，然后在报纸做的烤箱里烧掉了碎片。他问上帝，该怎么处理这个孩子？上帝叹了口气说：‘我怎么说并不重要，但是没有我说的话的地方，要尽可能地减少。’所以牧师大致就理解成：让这孩子立刻远离社会，确保他不会造成危险。他照做了。背景被关在纸做的教堂里，后来几年头条村发生的一切，他都避开了。

“所以对于那天的事，他也并不怎么恐慌。那是令人悲痛的一天，那年背景六岁，雨季又快要到了，可是版权页先生竟然死了，被发现的时候他已经皱缩成了一团。头条村彻底乱了阵脚。谁可以让那就快要来的大雨停下来呢？议员们和牧师四处传播，说这是触怒了上帝的惩罚，人们背弃了他。很快大家就会知道谁可以上天堂，谁又会下地狱。由纸板造就，最终就会变回纸板，这样不祥的预言到处流传。也有一些理智的人，他们分析说这样的结果是不可避免的，迟早会到来，让人欣慰的是至少在历史长河中，头条村的记忆会留存下来，就像每一个重要的新闻都能在时间流逝中留下印记一样。

“没有人问过小背景是怎么想的。不过就算他们去问了，小背景也没法告诉他们。因为背景没有‘想法’，他有的是‘感觉’。当乌云汇聚到头条村上空的时候，他就觉得要出什么大事了，就像那些非常贴近自己内心的人有时会感觉到的一样。”

“是的。”我说。我回味着他的话，想要试着抓住那里头稍纵即逝的一些意味。我想这和我从那个年纪就开始具备的洞察力有关。这能力困扰了我一辈子，直到后来遭遇了那只暹罗猫的攻击，才让很多事情都画上了句点。“然后呢？”

“然后，奇迹发生了，”爸爸说，“第一滴雨滴落下来的时候，头条村的人们就注意到，自己不再是报纸，而是石头做的了。”

“石头做的！”

“嗯。是灰色的石板做的。整个村庄都变成了石头，雨水噼里啪啦地敲打着石板屋顶和聚集在街道上的人们。”

“这是怎么回事？”

“其实很简单。头条村的人们只顾着看他们眼里即将到来的灭顶之灾，却忘记了最重要的事——他们忘记了要透过现象看本质。有时候，要解决一个‘不可能解决的问题’很简单。背景只是简单地把村子想象成了石头，就拯救了所有人。”

“就这样吗？”我说。

“是啊。”爸爸说。

我们都陷入了沉默。

“然后最后怎么样了？”

“每个故事的结局是好还是坏，都看你什么时候让它停下来。头条村在这个雨季，还有后来的雨季中都幸存了下来。但是人们永远都不会知道，是背景创造了那个奇迹。他们也丝毫没有认识到自己的错误。他们刚习惯了这个新的身体，就马上学着牧师的样子，用粉笔往自己身上写好消息和坏消息，用来划分等级和阶层。不管是谁，在这样一个顽固地坚守罪恶的地方长大，都迟早会被同化。背景长大之后也在自己的身上写上了新闻，不再像他以前那样了。”

这结局太悲哀了。我多希望我没有问故事的结局。这太现实了。

“爸爸？”

“怎么了？”

“故事很棒，但是我不喜欢这个结局。”

“这就是生活啊，宝贝。”他把我抱在怀里，然后给了我一个吻。我拉着他让他又陪了我一会儿，好让我再多闻一闻他身上我一直很喜欢的须后水的味道。然后他替我关掉了床头灯。

当他走到门口的时候，我问道："爸爸？"

"怎么了，托马斯？"

"这和奶奶的车有什么关系吗？"

"什么意思？"

"你说你要讲一个和奶奶的雪铁龙有关的故事，说有一天它分……解……"

"解体了。"

"对。"

爸爸耸了耸肩。"我也不知道。"他说，然后就走了。

我可以给你们讲更多关于我爸爸的事，比如一辆装着打开的棺材的卡车在他身边翻倒时，他是怎么奇迹般地逃生的，比如他和妈妈离婚之后我们经常做的清醒的梦的游戏，或者那次美食节的客人悄悄地说他们是斯里兰卡茶叶种植园来的泰米尔人的时候，他英雄般的表现。如果不是意外导致证据都变成了一个火锅炉，他一定可以得到一块奖牌。但是这些都是其他的故事了，而且，爸爸并不相信那些胡言乱语。

（厉青冰 译）

# 你知道的，故事就是这样

You Know How the Story Goes

我要去见乌都尔，

你也会见到乌都尔的。

现在我困在黑夜里了。

你知道的，故事就是这样。一天晚上，有人在乡间小路旁搭上了你的顺风车。那是个年轻的女人。故事里总会出现女人。这女人啊，她比月光苍白，这寡言少语的女人。你瞧，她身上有什么阻挡了你，让你无法展开追求，尽管你还独身一人，而她是那么漂亮。你只是问候了她，问她是否安好。

“不，”她说，“抱歉，我一点儿也不好。就要发生不好的事了，非常可怕。”

你问她到底怎么了，她说她冷。好冷。一滴鲜血流出了她的鼻子。

你得承认，这会儿你还不明白自己到底着了什么魔，为什么在这死亡一般昏暗的夜里让陌生人搭了车。我们都明白，这场相遇至少会给一方带来糟糕的结果——堕胎、离婚、死亡报告。但你不想成为那种混蛋。这个女人，她可能需要帮助，她投奔了你。

你悄悄脱下外套——真是个绅士。你把外套给了她。她穿上，依偎过来，亲吻了你的面颊。这个吻仓促得出乎意料，那一刻你想到的是，她的双唇如此冰凉。

你再次看向旁边，她已经消失不见。

你知道的，故事就是这样。

第二天，一个陌生人打来电话，他们找到了你的外套。电话里的人说，你口袋里的健身会员卡让他联系上了你。而你，你如释重负，终于确认自己没有失心疯。你如释重负，你只是断了记忆，只是无法记起自己什么时候、在哪里让那个鼻子流血的女孩下了车。“一定是我们俩都忘了，”你告诉他发生了什么，你说，“那外套。她真的不用还给我。有的人就是热心肠。”

沉默许久，那个人，你听到他说：“有的人是烂心肠。”打电话的是个守墓人。那墓园离你当晚经过的地方不远。他说，这已经是他第三次捡到外套了。一个月前，他还曾捡到领巾。

他总会在那个年轻女人的墓前捡到这些东西。一年前被发现的时候，她赤身裸体，死在路边的壕沟里。那个和你同行的人，她是个心肠腐烂发黑的死人。

这故事被人讲了千万次。旁枝末节各不相同，但有一点是一样的：深夜搭车的陌生人在行进中的车子上神秘失踪。通常会有什么衣物也跟着失踪，后来又被人发现皱皱巴巴地丢在墓碑附近。在另一个版本里，搭车的人消失前还会说出预言：开车的人会有七年光阴不翼而飞。查查维基百科，打听打听都市奇谈和现代神话，故事都是这样的。

我不相信都市奇谈，尤其不信那些鬼故事，所以我等了这么久才讲出我的经历。我要告诉你的是我努力想忘却的真相。但我忘不掉。在夜晚，独自醒来的我忍受着回忆的刀割。每一次回想都比上一次更加可怕，更加险恶。我睁大眼睛躺在那里，无法动弹。我一直在告诉自己，到了早上我就再也不会琢磨这件事。但夜晚是那么漫长，像沥青一样浓稠昏暗。

而昨天夜里，事情不一样了。《新闻在线》报道了一模一样的事，我再也不能逃避下去了。有人在 Reddit 上分享了链接，要不然我也看不到这则新闻。

所以现在，我要把这个故事讲出来。和所有的都市奇谈一样，我把它当作一种警示。

关于让陌生人搭车，我说不出什么来，因为我不开车。

我甚至没有驾照。但不论你在哪儿，不要在午夜之后拦车，拦到了也别上车。

远离隧道。

小心奇怪的高个子女人。

我那晚跟陌生人搭车的原因很不光彩，发生的事情怎么也谈不上诗意，谈不上磊落。你得让我缓一缓，慢慢说。我去别的镇子灌了一大桶黄汤，回家的车被我故意错过了，因为我直直地盯上了一个十足漂亮的姑娘。我敢说她辣得冒烟，不过我不想让她觉得我是个肤浅的人。

我来自克罗地亚，那镇子是亚德里亚海上被派对掏空的小镇奥帕提嘉。这件事发生在去年三月的某个星期六晚上，距离该死的旅游节至少还有两个月。酒吧和夜总会尚且属于我们本地人。那晚，所有的姑娘看着都是那么美，她们水晶般的面容在幽暗的灯下散发着微光。不过我瞧上的是超乎寻常的高档货。忧郁的神色让她有了点瑕疵，也让她美得勾魂摄魄。

这姑娘，她名叫塔玛拉，用克罗地亚语说出来就像帕梅拉。她来自群山中的某一个镇子。我一晚上都在围着她转，努力盯死她，把她搞定。她冷静自若，唇边隐隐透着一丝嘲讽，这赋予她强大的魅力，金钱、聪慧，以及其他任何东西都无法比拟。我立马降格成了笨拙的小男生。我感觉欧牌啤酒的劲儿攀上头了，她却还喝着比斯卡酒，看上去一点不醉。我想象着她双唇上酒精和槲寄生的滋味。还有跳舞时她卷起上衣露出的肚环洞和刺青，都让我的心上炸裂万千花火。

就跟戏里演的一样。本来要开车送我回家的人说他想走。我琢磨着赌一把可能赢得了，就说我那晚不会睡在自己床上。我带着一脸风流笑着，就这么故意放过了回家的机会。

你大概一开始就猜出来了：我玩砸了，彻底没了着落。酒吧门口，在钠路灯浓稠的黄光里，她踮起脚尖亲吻了我的面颊。我计划双臂用力环住她，让我们的身体贴近。但我还没有行动，塔玛拉就挣脱了，她用两个手指尖挑着鲜红的外套连帽，把那衣服举高。“今晚真不错。”说着，她戴好连帽，阴影遮住了唇边的那丝嘲讽，“我会在 WhatsApp 上给你发信息的。”

她转身走远，外套一直垂到了脚踝边，摇摇摆摆，就像一袭斗篷。我想她这是在模仿小红帽。而我，我就在那里，看着好运气走远。我晕头转向了，她没了影子我才想起我们并没有交换 WhatsApp 号。小红衣，小红帽。小心提防大坏狼。

粗声邪气鬼主意。把我要得真够呛。

我笑了笑，走上山路，往背离镇中心的方向去。我不知道这样会走到哪里。我也没钱住店。我喜欢山上的新鲜空气，但没过多久，那清爽的感觉就没了，寒冷取而代之。我把没了知觉的双手滑进口袋，眼看着自己的呼吸变成酒气熏天的云团，却不能给塔玛拉的胸中来点美妙的搅动。真是浪费。我灌满了酒，以为自己一路走回家也行。直到凌晨在荒郊野地撒了泡尿恢复了清醒，我才发现情况不妙。我被困住了。我这身行头用来野营可不靠谱，我要受罪的。体温太低会招来恶果，比如肺炎，快冻死的人甚至还觉得热，会反常地脱衣服。这可真讽刺。不管怎么着，日出前我得到达伊斯特拉。前面是一条长长的公路隧道，会从巫什卡山穿行而过。

我感觉自己很傻，竟然跑到了离镇子这么远的地方。这里很静，出乎意料地静，有些让人不安。所以，一听见汽车的声音，我就举起了大拇指。这就是一时冲动。这个手势全世界的人都懂，但我之前从没用过。结果竟然一下子就成功了，我还有点惊讶。那辆车停了下来。因为喝多了，我一点没犹豫就上了车。

开车的是个男的，来自尤西塞，是个学生。他刚出去欢乐了一晚上，和我一样。我告诉他我要去的地方，他轻轻吹了声口哨，把我送到了 A8 岔道，那里有欧洲汽油公司的加油站点。他说：“在这个地方搭车穿过巫什卡山不会太困难。”

我道了谢，抬手致敬，送他离开。我好奇他那晚是不是也有美事落了空。

加油站关着门。我沿着入口坡道往上爬，到了红绿灯跟前。在这里，在街灯的光晕下（我竖起领子挡住了寒风和湿气，还行吧），我告诉自己，我运气相当不错了。我的手机显示现在是凌晨一点零七分。时不时有车从两个方向飞奔而过，我的影子一次次被它们拽着转动 90 度，像逃逸的长秒针那样快速扫过去。谁也不为你停车的时候，时间过得会很快。还是不顺利，车子越来越少，来车的间隔时间越来越长。A8 岔道有时会出现长达几分钟的寂静。我听着风的声音，在整个视线里搜寻哪怕一点点亮光。然而坡道这里竟然没有一个活物经过。

我独自待在那里，感觉时间长得不像真的。这里太安静了，我的呼吸声仿佛震耳欲聋。我感觉到一种错位：这不是我该待的地方。我就像一架崭新的秋千被放进了烧成焦土的农舍里，简直就是教科书级的毛骨悚然。我的手在口袋里不停地动，我对着道路分隔栏跳上跳下，却无法让自己保持暖和，也无法摆脱那种沉重的感觉。忽然间我明白了：我根本不是独自一人。这附近还有别人，就在路的另一边，在路灯的黄色光晕之外。这感觉糟糕透顶。我还从来没碰到过这样怪诞的事。有那么一两秒，我感觉有人站在山石路肩那里，近距离看着我。这感觉非常真切，非常恐怖。我的心怦怦直跳，大冷天里出了一身的汗。我平常可不是容易出汗的人。

汽车的声音打断了我的恍惚。有车子往坡道上来了，车灯闪到了我的眼睛。我在那儿愣着，忘了要招手。我真是个傻缺。那辆车从我旁边开过，停在了往伊斯特拉去的车道上。红路灯自动变到了绿色。直到车窗摇下，一只手伸出来迟缓地挥了挥，我才发觉开车的人在等我。

我赶快从车子后面跑过去。这是一辆丰田普锐斯，疾速金属蓝色，车牌是里耶卡的。这信息够多了，我却没有警惕起来，我也不知道是为什么。我真应该想到每个人都在报纸上读到过的事，想到每个人都看过的照片。也许是因为黄色的街灯模糊了那种鲜亮的蓝。发现了吗？黄色光有一种沉重的质感，可以压倒别的颜色。它可以把另一种色彩的活力挤走，只剩下一片不清不楚、不三不四的东西。在这样的光线里，我眼中那只挥动的手也一样不清不楚、不三不四。这个动作其实还有很多别的意思，我意识到这一点的时候已经晚了。它可以表示，欢迎，我会带你去你要去的地方；也可以表示，现在我看见你了，你再也不能彻底逃出我的视线，就算我不在你跟前。

我打开车门，说："真是谢谢了，我还以为肯定搭不着车了呢。"

仅仅几秒钟的时间，我就钻进了那辆车。不过，在那几秒钟里，我看到的画面牢牢地印在了我的记忆里，这是有原因的。方向盘后面坐着个女人。这女人，我看不清她的脸，有车顶挡着。脸以下倒是都能看见。一双苍白的手握着黑色的皮革方向盘。她的外套可真厚，身体仿佛消失在了大衣的褶皱里。我十分清楚地记住了那个画面，我也不知道为什么。这画面好像十足稀松平常，看着却又是各种不对劲。

也许是因为我实在没怎么记住她脸上的特点——其实就是完全没记住。事情过后，我总在费力地回忆这位女士到底什么样子，搞得自己心力交瘁。她是位老妇呢，还是年轻姑娘？诡异的是我没法给出答案。诡异的是，接下来我就一屁股坐在了副驾驶的位子上，本该能清楚地看到她了。可是无论怎么绞尽脑汁地回想，我唯一能够肯定的是，她看上去精疲力竭、阴沉冷酷，我能看到她呼出来的气在脸庞边升腾。车里和车外一样冷，暖气没开，这一点我一上车就发现了。

她瞥了我一眼，没跟我握手。我想主动伸个手，但改主意了。陌生人允许你搭车的时候你一般该怎么样呢？搭车的人是不是有什么规矩要守？可别不礼貌。我又道了一遍谢："谢谢了，真的。你能停车我特别感激。"

"我不喜欢晚上独自开车。"开车的人这样说。接着她抛给我一段很长的沉默。太漫长了，我觉得自己有义务填上些话。可就在这个时候她又说话了，补了这么半句："尤其是下雨的时候。"

"啊，至少现在没下雨。"我说。这话说得真蠢。我知道，但我当时是晕的。"我敢说没有一盏路灯能比公路高多少，晚上开车一定很黑。"

"是的，很黑。不下雨我也能听到杂音。"

交通灯又变成了红色。路上没有人，但我们得等着。

"这是听力障碍。我会听到耳朵里嗡嗡响。一开始我以为是耳垢闹的，但并不是，就好像我的脑袋里面一直在下雨。这感觉不怎么好，一点也不好。"

"那可太糟了。"我说。我也不知道还能说什么，只好加了这么一句："有这病一个人开车一定很难受。"

"我每天晚上都一个人开车。我要去见乌都尔。你去哪儿？"

"我？我去维兰加。"

我听见自己这样说。我就这么脱口而出了。你瞧，维兰加就在巫什卡隧道的另一边，我不想让她知道我要去 30 公里开外的帕欣。这一点很重要。她对我所知越少，我就越自在。

“维兰加，听着耳熟。我想乌都尔一定去过那里。我要去见乌都尔。”

“酷。”我说。我尽力让自己语气随意，别有追问的感觉。“乌都尔是谁？”

又是漫长的沉默。我觉得她不会回答了。但就在红绿灯变成绿色的时候，她把车开上高速路，开了口。她说：“乌都尔不是好人。”

我不知道该怎么理解这句话，也不知道她为什么跟我说这个。我感觉不太好。也许我可以跟她说，如果乌都尔是个坏人，那跟他见面大概不是什么好主意吧。而且，乌都尔是个什么鬼名字？但我没这么说。我觉得我的处境不适合对她的事情指手画脚。再说她也没说乌都尔是坏人，她说他不是好人。这里面大有区别。

我转头看车窗。车速很快，外面一片模糊。黑暗正在吞噬周围的世界。我坐着的垫子一点也不舒服，感觉就像陷在流沙里。我动了动腿，这里太冷了，没办法让人放松。从倒影里我看见她死盯着前面的路，面容被仪表盘发出的光映得苍白。我试着把注意力放在脑门前面震动的玻璃上。这一幕莫名其妙地让人犯困，就好像脑子被按摩了一样。

我不应该在这地方，太不应该了。

左边往下就是深深的亚德里亚海。平常这半岛风光是我的心头所爱。我爱这海水、群山，还有天空。小时候我妈说大海在夏天把鲜活的灵魂吹送到天上，秋天到来的时候再给引诱回来，就像海妖唱歌引诱水手那样。仿佛天一冷，大海就想找个伴儿。她说，就是因为这样，人们才会看到大雾从斜坡上滚落，在海湾铺展开来，直到覆盖一切。她说这是就景色讲故事的方式。可是今晚没有这些。世界的细节昏黑一片，就像空荡荡的深渊，死气沉沉的黑处。也许故事就是这样的。

“你是真不怕冷，对吧？”说着，我搓了搓手，作为一种强调。

“乌都尔的问题在于他不管事，放任出了烂摊子。”女人这样说。而我，我在掂量她故意忽略我问题的可能性。“乌都尔有条狗，是条牧羊犬，但是没了。你要是现在见到他，一定想不出他还养过狗。”

车子开得飞快。

“那狗怎么了？”

“最后那狗老得不行了。一只眼睛因为白内障全白了。我们不得不放弃它。”

“啊，”我说，“不得不让自己的狗睡过去，你们一定相当失落。”

这女人说话的时候不看我。“那种狗皮得很，养起来很费钱。尤其是傻牧羊犬。乌都尔不是个狗人。”

她说的是“狗人”，而不是“爱狗人”。我当时就该听出不对劲来了，但好奇心占了上风。“它生病了还是怎么了？我是说那条狗。”

“当时乌都尔还有宝宝。这不容易，你看，晚上尤其不容易。晚上最难办。有时候一整个晚上雨都不停。我们能听到宝宝在我脑子里哭。不管怎么说，乌都尔好几天没有去看那条狗。它拴在院子里。以前我们把肉扔过栏杆就行，但狗好几天没碰那肉。它就在自己的尿上躺着，就那样一天天躺着。所以过了一阵子，乌都尔决定还是去看看比较好。那狗看上去不好，很糟。它用一只眼睛悲伤地盯着我们，浑身一股腥甜味儿。乌都尔说还是给它洗洗放屋里吧。那是条大狗，牧羊犬，但乌都尔还是想试试，他把狗抬了起来。我告诉他不该这样。但他没听。他把它转过来，发现它开了膛，里面挤满了虫子。虫子到处都是，在狗毛的污点上爬来爬去，在皮肉的湿斑上扭来扭去，沿着皮包骨头的四条腿上上下下。好像狗肚子里面整个塞满了皱皱巴巴的米粒。那条狗真就是从里到外被生吃了。谁知道乌都尔之前到底有没有过去瞧瞧那狗。从远处看那狗挺好的，近处看可不是，近处看完全不一样。”

就是这些话，这女人，她就是这么说的。

“我想它感染了什么东西，所以开始腐烂。乌都尔试过把那个洞给缝上，但是没成功。最后他只能拿锤子砸狗头，一直砸到它死。这是为了让狗摆脱凄惨，让它安息。这么做是最大的仁慈。”

然而在她描述的画面里，我找不出半点仁慈和安宁。另外，在我们说话的时候，这车一直在加速。我觉得这女人并不明白我们现在到底有多快。在双车道上这样开完全是不负责任。这里弯道很多，而且周围很黑。

我试着偷偷瞟着，观察这个开车的人，我不想表现出盯着她的样子。她是高个子，很高。我之前怎么没注意到呢？她也太高了，看上去没办法在方向盘后面舒服地坐着，但她的姿态居然还是挺直的。她这修长的身体毫无妩媚可言，毫无魅力可言。这种修长让我觉得不安。

我发现自己又在出汗了，尽管周围很冷。也许我就是因为冷才出汗的。我听见自己这样说：“女士，您让我在这里下车就挺好。”我的声音听上去很弱，那些话从我嘴里歪歪扭扭地飘出去。我甚至不能肯定自己有没有把话说出声。

“有时候我的脑子里全是嗡嗡声，”那女人说，“没完没了。我没法习惯。就像有人在雨里说话一样。至少乌都尔是这么说的，但我知道那不是人的声音，那是黄蜂。”

有别的车来了。我试图看清楚司机，但在黑暗里任何东西都难以辨别。那车子嗖地过去了，带起一阵大风，把普锐斯和车上的我们晃得东倒西歪。

“是黄蜂，”她又说，“我知道，因为我见过。宇宙的中心有一只黄蜂，它比别的黄蜂都庞大。它在星辰之间爬行，发现了谁就叮谁。它的叮咬会让人麻痹。让醒着的人无法动弹，就像鬼压床，你知道鬼压床吧？你会感觉到它在你全身上下爬。有时候它会从身上的洞爬进你的身体，而你没法阻止它。非常恐怖。我现在就能感觉到它在我的头骨里爬，它下蛋呢。过一会儿我也要被虫子吃了。”

行了，就这样吧。我得下车，马上下车。下了车我就得黑天半夜待在某条破路上，而且独自一人，外面都他妈不知道是哪儿。但我管不了这么多了。有必要我就一路走回镇子去，只要能逃就行。我要逃离这个女人。她身上有某种极其不对劲的东西。我再也不想看到她了。可我还是要看她，因为我动不了了，我浑身麻痹。

她的手指在方向盘上摸索着，在黑色皮革上扭动。我突然从方向盘上看出了不对劲：车子已然进入巡航模式。她的手指按下一个按钮，又按了一次，显示屏上的数字从 102 跳到 108，我听到了汽车加速的声音。但这还不是最值得警惕的。她的手指有问题。它们变短了，但看上去却和刚才没什么两样，依然修长弯曲，带有一种冰冷的蓝色，仿佛能滴出水来。我发现了，她的指尖没有了指甲。她的指甲怎么了？

一瞬间，我仿佛听到有什么东西在后面动。我吓得定住了。突然间我明白了那不是错觉。那不是我脑子里的声音，我听到了婴儿的哭声。我的头皮一下子就麻了。趁着车子颠簸，我转头去看那声音从哪儿来。后排座一片昏黑，眼睛什么都辨别不清，但我隐约发现副驾驶座位后面有一个轮廓，应该是系着安全带的简易摇篮。我之前根本没注意到。里面有什么东西在动，看不出是什么。

"就要发生非常不好的事啦。"女人低声说。我简直不敢相信她有这么高！我一下子跌进了自己的座位，连滚带爬地往车门上贴。恐惧，极度的恐惧占领了我。这个女人高得根本不可能坐进普锐斯，但她竟然就坐在我旁边，就像一个幻象。后来我才想明白。方向盘后面坐着的这个人很像一个健康生动的女人，同时又大有区别。你听过的每一个鬼故事都是这样的。那女人又看了我一眼，这是第二眼。她的鼻子流血了。“我还真觉得冷了，”她喃喃道，“这儿总是这么冷，特别冷。”

“让我出去吧，”我已经声嘶力竭，“求你了，让我下车吧！”

车子转过最后一个弯，我看到了远处巫什卡山的隧道口。浓稠的黄色路灯光突然照亮了公路。隧道口就像山上的一个黑洞，正以闪电的速度向我们逼近。

有光了。一切都看清楚了。方向盘后面坐着的是一个死去的女人，脸上的表情麻木空洞。她的双手极长，从驾驶座一直伸到了方向盘的皮革套上。她的手臂不合常理地弯折着，和身体构成了诡异的角度。她还在给车加速。我们转到了左边，女人把车开到了逆行车道上。

“我要去见乌都尔，”她说，“现在我困在黑夜里了，你也会见到乌都尔的。”

这些话、车子的轰鸣声，还有婴儿的哭泣，成了让我再也无法忘记的三个声音。

我再定睛一看，她不见了。

你知道的，故事就是这样。

驾驶座空空的，好像那女人从来没有出现过。普锐斯的速度快得让人眼晕，正冲向隧道口左侧的混凝土墩。

我有了下意识的反应。就是这样，那是我的第二次机会。我活着讲出了这个故事，纯粹是因为运气给了我转折点。或者应该归功于人的本能？我知道个屁。我只知道我大难不死靠的不是常识。更原始的东西支配了我。我记得自己猛打方向盘躲开了墩子，离撞上去只差一英寸。车子左颠右晃地开进了隧道，烧焦的轮胎在后面升起两道烟。车里的我险些从变速挡上翻过去，但被安全带拽住了。我听到飓风刮过的巨大声响，空气像炸裂的子弹正飞速逃离我的肺。头刚抬起来，我就在车灯中看到柏油路右侧的混凝土墙在逼近。我又把方向盘往回猛打。车子在路面上猛烈地颠簸摇晃，金属发出了刺耳的声音，火花像流星一样撕裂了黑夜。又一次颠簸之后，我的双手把住了方向盘。车子险些起火，又险些掉了一扇车门，终于开回了路中间。但这车还在飞速行驶，像流火一样冲向黑暗深处，丝毫没有慢下来。几秒之间，我吓得像个幽闭恐惧症发作的病人，如同打桩一样全身抽搐。一个声音在我耳边响起：我要去见乌都尔。现在我困在黑夜里了。

对了，巡航！这鬼东西怎么关掉？仍然靠运气和下意识的反应，我手往下一伸，把住了手刹。我连驾照都没有，根本没想到这东西还有回弹的劲儿。我吓了一跳，不敢硬掰。现在我知道了，就是因为我没经验，普锐斯才没有折裂或者翻倒。我一点一点用力拉，车子慢了下来。颠簸几下之后，发动机不再转动，车停了。

差不多又过了一分钟，我才有力气再次有所动作。突然而至的寂静里全是回声。刚才发生了什么？我这才意识到自己刚刚死里逃生，简直没法相信。死亡突然降临的真实感比那诡异的景象更惊悚。就好比一个游泳的人被牛鲨攻击，吓得要死又觉得难以置信——这种事不是只在别人身上发生吗？怎么可能让我遇到！我曾和一个死人独处，她想把我也拉入黑暗。聪明点吧，把这些往脑后放放，我得离开这里，马上。她要是再回来怎么办？

还有个婴儿！我四下看了看，摇篮没了，婴儿也没了。

明明就在那儿的。

我用全身力气撞开车门，连滚带爬地离开了车子。巫什卡隧道里冷得要死，有汽车尾气和机油的臭味。这里还有别的什么东西，只是不发出气味。我说不清那是什么。我战战兢兢地转了几圈，警惕着一切声音，一切动静。我抛下车子快速走了几步，听着脚步的回声，就好像有一群鬼在猎捕我。

外面昏昏然的黄灯漏进来几块脏兮兮的余光，我看到远处就是隧道的拱形出口。停车之前，普锐斯在隧道里轰轰地跑了至少 300 码。

我没动。这个画面，蓝色丰田普锐斯停在黄色中心线上的画面，让我清醒地想到了一张照片。我该知道的，早该知道的。这张照片霸占过所有的本地报纸和新闻网站。就是去年 11 月的事。突然之间，所有的细节都串了起来。

这车我认识的，当然认识。就是这辆疾速金属蓝的丰田普锐斯。只不过它原本是一辆残骸，一堆皱皱巴巴的金属，冒着烟，后面用来提高燃油效率的先进尾管刺出一截。它以至少 80 迈的速度撞到了巫什卡隧道口一侧的墩子上。司机一定是打盹儿了，但哪有人会在那种时候打盹儿。车上有两个死去的乘客，一个是从里耶卡来的学生，还有一个无名的婴儿——这是这场车祸的第一个诡异之处，孩子的身份无法确认，因为没有谁家丢了孩子。有流言说这是一起家庭惨剧，是自杀。开车的是个麻烦缠身的母亲。但没有证据证实。第二个诡异之处是没有找到司机的尸体，只找到了学生和婴儿的。有安全带把学生被车祸毁掉的残体绑在了副驾驶座位上。法医鉴定排除了这个学生开车的可能性。可还能是谁呢？那个人的尸体又在哪儿？按理说一定还有一具尸体的。我看过那照片，大家都看过。没有人能从那样的撞击中逃生。

发动机的咔嗒声就在耳边，我努力回忆着实情。我记起警方曾十二分急切地呼吁目击者现身。也许有人现身，但事情仍然是个谜。车祸发生几天后，这件事上了《新星名录》，里面说警察依然完全没有头绪，不知道那辆普锐斯是哪儿来的，也不知道开车的人是谁。这件怪事让我怎么也想不通。难道查不到车牌的登记信息吗？加油站和高速路的摄像头怎么会没有拍到蓝色普锐斯的画面？这件事竟然真的毫无线索。就连遇难学生悲恸的家人也没有线索。他之所以坐上那辆厄运之车，似乎就是个可怕的巧合。学生一定是搭了个顺风车，于是和烂了心肠的死人同行。

现在，我盯着隧道里的普锐斯，我觉得根本没有什么巧合。那天晚上发生的事，我已经一清二楚。

我需要和谁谈谈，我是说活着的人。我得走出隧道。周围的空气有些不对劲，这么长时间一直凝滞着。外面有新鲜的空气。走过长长的一段路就能呼吸前面的新鲜空气了。不用说，只要走出去，我再也不会挥手招呼顺风车了。

但现在我还不能动。我盯着隧道深处，那里有一段向下的缓坡，在车灯投射出的圆锥形黄光之外。有什么东西在那里，正在哼哼。

那里有一个婴儿在哭泣。

这声音从远处听起来十足怪诞。回音填满了隧道。可怕的是，这声音有着人声的质地，却又不是人声。

我的眼睛要漫上泪水了。我不敢眨眼，好像这样做会让那个正在靠近的东西钻进我的眼睛里，再也不出去。我的脚比我聪明，它们已经带着我往回跑了，就好像有自己的意志似的，它们救了我的命。

近了，从隧道深邃的黑暗中出现了一个东西，那不是活人。是她，是车里那个女人，高个子怪女人。如果她该有个合适的名号，为什么不这么叫呢？这女人填满了整个空间。她太高，要把头低下来向前倾才能走路。她张着双臂，手指上没有指甲，苍白光秃，撑着车道两侧的混凝土墙。拖着长长的、鬼魅的身影。她在唱歌，不，她在嗡鸣，就像一只黄蜂。

我置身在她主宰的黑暗中。而她仍在寻找陪葬者。

我记得我跑了。我以前从没跑过这么快，我在外面路灯透进来的光块间逃窜，身后追着层层叠叠的回声，恐怖至极。我飞奔着穿过黑暗，真像要飞起来一样。那点光没法保我平安。我必须在她逮到我之前到达隧道尽头。

接着我听到了她的声音，就在我身后，她发出的嗡鸣声填满了我的脑子。还有脚步，迟缓的脚步。如果你的腿也长得如此恐怖，你的动作也不必多快，一步就是千里。

有那么一回，我回头看了一眼。就在那一刻，我大脑皮层的所有神经一下子凝固了。我不记得看到了什么。我发誓这不是什么可怜兮兮的借口，我不是要逃避讲述。我能感觉到那一刻的记忆在我心里，在很深的地方，但我无法碰触。我觉得能这样真是谢天谢地。每当我试着回想，就会看到视线里一片闪烁。我会看到有某种黄色的东西从隧道顶上爬过来。是类似蜘蛛的东西吗？大概是我想出来的幻象。

突然间我冲了出来，但我没有停止奔跑，甚至没有回头看。我只是继续向前飞奔。狂喜的感觉替代了恐惧。清爽新鲜的空气灌满了我的肺。我在奔跑，肺里装着森林和群山，还有一丝大海的气息。单是这个念头就让能量一波又一波地送达我的整个身体。接连跑了好几百码之后，我跪倒在地，肚子像被小针钻着一样疼。

我身后的路空荡荡的。隧道口黑漆漆的。有那么一两秒，我想自己仍然能听到那种嗡鸣，仍能听到远处传来婴儿的哭声。但我很快明白过来，那只是我脑子里的回声而已。这里是巫什卡山脚下，非常安静。

我愿意交出一切，只要那晚能在自己的狗窝里睡觉，第二天早上醒来，就当做了个噩梦。但这样一来我肯定会回去一趟，再度进入隧道，以证明那就是梦。

下一回，我即便没钱住店也得有钱住店了。

五个月后，我头一次重返巫什卡隧道。那是八月里一个晴朗的午后，但地底下可不管这个。公交车驶入漆黑一片的洞口，我口中泛起了金属的味道。我一个劲儿地告诉自己，隧道里没有什么脏东西，机动车道就是这样，仅此而已。我以为自己见鬼了，但那天之后又有千千万万的车子经过这里。我回避巫什卡不过是自己吓自己罢了。有人不是说了吗？从马上摔下来就得赶快再骑上去。我只是没做到这一点。

出事之后的那个早上，我给我爸打了电话，让他来奥帕嘉提接我。我跟他说，我头疼得厉害，在旅店住了一宿。当我爸降低车速准备进入 A8 岔道的时候，我问他能不能走山路，我说我需要新鲜空气。经过巫什卡山的这段路上我一直在琢磨，蓝色普锐斯是不是还在深深的隧道里等着？人们把车拖出来了吗？还是说那里根本没有车？后来，我在伊斯特拉度过了整个春夏。我努力让自己相信这样就能轻松解决一切问题。让我回到隧道的是一种强烈的冲动。我觉得我想看看那个地方是不是有什么东西。

如我所愿，什么也没有。

然而我依然睡不了安心觉，从去年三月到现在一直是这样，除非服用处方药赞诺丁。有时我半夜惊醒，看到那根混凝土墩在恶心的黄色光线里直直地向我逼近。有时我会听到一个声音低语：现在我困在黑夜里了。我承认，有好几次我是在想象中看到她的，就是那个开车的女人。麻烦的是我不是每次都能确定那是想象。有一次我在上夜班的时候看见她站在我们录音工作室后面的停车场上。那里连着一片林地，她就站在一排树木跟前，一动不动，就那么看着我。距离很远，我看不清脸，我永远看不到她的面容——我也不是经常看到她，就那么几次而已。但每次发生这样的事我都深恶痛绝。她什么也不做，就是站在那里看着我。她要干吗？

我试过把隧道里发生的一切都归为自己的幻想。不然还能怎么办？这件事没法核查，也没处解释。我没过多久就开始痴迷于阅读去年 11 月那起事故的消息，虽然大夫不会让我这样做的。到了这个地步，我意识到这是在自毁。我得放下。如果抓不住真相，那还是忘了比较好。绝对是这样。

可是每当我试着放下的时候，眼前就会出现那个学生的脸。他从里耶卡来，名叫伊戈尔·任迪科。《新星名录》登了他的照片，这人看着挺和气的，戴着细框眼镜，留了条黑色的马尾辫，在身后翘着，姿态很有趣，像迁徙的动物。他的唇边挂着满满的笑意。我感觉我们之间有种联系。他原本可以是我，我原本可以是他。

在人生的最后时刻，他是否听到她说了什么？在他们冲向混凝土桩之前，她是否把没有指甲的苍白的手放在了他的腿上？

大约两周前，我再一次看到了那个女人，她站在我的床尾，一言不发，时间漫长如年。她双臂曲折，一直垂到了膝盖下面。夜里醒来遇到鬼压床的时候，这种幻象对于无法动弹的人异常真实。

这就是我的鬼故事。你知道的，这种故事就是这样。恐怕没有什么象征意义，也没有喜闻乐见的报应。仅此而已。和所有的都市奇谈一样，这个故事也算提出了警示。但这也不是都市奇谈，只是看上去很像都市奇谈而已。很接近的东西其实完全不一样。比如拴在院子里的狗一开始看着没有任何毛病，但是走到近处检查一番，你就会发现那里只剩下一堆被一点一点活生生吞噬的肉。

一会儿我就把故事发到网上。读到这些的你，很可能和从前的我差不多。你并不相信鬼故事。你很可能不是克罗地亚人。尽管你下意识觉得可以保留疑问——咱们坦诚点儿吧，你就是这样的——但你仍然认为自己百分之两百是安全的。

这可就错了。

你知道的，这种故事就是这样。你一定觉得鬼魂只在她死去的地方出现。问题是，谁说那就是她出事的地方？

昨天晚上，我在 Reddit 上偶然发现了相同的事。有一个链接点开以后是《新闻在线》的报道，写的是一起刚发生的夜间车祸，事故地点是赫特福德的韦斯顿山隧道，在伦敦北边。那辆车结结实实撞在了入口的混凝土中心柱上。这篇文章说开车的人被猛地甩出了挡风玻璃，当场死亡。他是唯一的遇害者。文中没提他的身份细节。

我点开照片，放大。我有种极不舒服的感觉，心跳怦怦地砸在太阳穴上。这件事和我的经历不可能有什么联系的。然而，照片上的车子正是丰田普锐斯，疾速金属蓝的那辆。

我没看仔细，至少没有马上看仔细。炸裂的心跳让我无所适从。挡风玻璃的左侧有一个大大的圆洞，看上去就像吞噬滑冰爱好者的冰洞，周围还结着蜘蛛网。于是我停下来翻看 Reddit 上的评论，再好好看了看那张照片。在英国，方向盘在右边，开车的人根本就不可能从挡风玻璃左边被甩出去，还留下那样一个洞。毫无疑问，那哥们儿一定是坐在了副驾驶座上，大家在 Reddit 上讨论的正是这个。

这还不算完。我一夜没睡。我在挖掘线索，自己悄悄查证这件鬼事。我的手抖得厉害，有些不受控制。我点开了很多链接，每次都有几分期望——要是能看到她就行了。一个粗糙的画面也好，一张拍糊了的照片也好。我只是需要确认一下，要收集证据。

仅仅过去半年时间，类似的死亡事故在各个地方都发生了：瑞士的贝尔晨隧道、莫斯科的列夫特沃隧道（两起），还有马来西亚 E8 高速路的坤甸隧道。事故全都发生在后半夜，出事的全是蓝色丰田普锐斯，全都不清楚是谁开的车。只有马来西亚政府承认开车的人失踪了，提到了车上那个无名婴儿的父母。瑞士和俄罗斯都故意隐瞒了实情，全不管公众大有意见。

所有这些都成了悬案，受害者都是搭车的人。

所以我才一再强调，不要在午夜之后拦车，拦到了也别上车。

远离隧道。

小心奇怪的高个子女人。

你知道的，故事就是这样：死人也控制着高速路，死人会把车开得飞快。这个女人，她一直在找伴儿。你瞧，她不喜欢在夜里独自开车。她会听到脑子里有下雨的声音，就像黄蜂的嗡鸣。

在这样的夜里，你知道她要前往哪里。

去找乌都尔，在黑暗里。

（张憬 译）

# 鹿心和生姜包

Hertenhart en gembertimbaaltjes

告诉我，

为什么在童话里，

鹿总是有最糟糕的结局？

我总在重复述说这个童话，它也伴随了你的成长。很多作家和讲故事的人都曾经用不同的方式讲述它。正如每个描述奇闻和超自然现象的作者在职业生涯中一定会写一次吸血鬼或狼人的故事，这个经典的童话故事也一直不断地被复述。这次轮到我来讲了。

——作者

不久之前，在一个不远的地方，一个女孩的手指被针刺破了，血流出来。这个女孩就是我，时间是上周一的早晨，地点是阿姆斯特丹的 Senior & Zoon（西尼尔和佐恩）烘焙坊的装载台，我当时正在给朵拉的围裙缝线。我咬着嘴唇跑出装载室的门。在十二月的冷风中，我的呼吸凝成了冰，掠过水面。有三滴血滴落在雪地里。虽然深邃暗红的血滴在纯白的背景下醒目而美丽，但我知道必须尽快止住血，因为我不能让我的爱继续流失了。

因为这血就是爱，而我的爱给了塞姆。啊，塞姆，当我今晚回家，回到你的身边，你会爱我的血吗？我的皮肤像雪一样白皙，我的瞳孔像乌木一样漆黑，我的心是为你而生的。

Senior & Zoon 烘焙坊不是个烘焙店，而是一个工厂，它是在那个工厂还属于旅游景点的时代建造的。它的所有者是一个非常古老的美食家族，其中唯一仍活着的后裔是第七代西尼尔·佐恩，但是他酗酒并且绝育了，所以永远也不会有第八代的西尼尔·佐恩了。勃艮第氏族原本是矿工，自然体型都非常矮小，他们在 18 世纪初发了财，通过做馅饼和夹心巧克力，做慕斯和土耳其烤肉，做皇家面包和公主手指饼，做一切受人们喜爱的食物。他们从未离开过港口区那个巨大的建筑，因为令他们成功的秘密重达十吨，用任何方式都没办法拆移。

你一定想问，那是什么呢？它是一件蒸汽时代流传下来的老古董，以煤为原料工作，一种名为 Spijzomaat®（好服务®）的机器，是第二代西尼尔·佐恩发明的，他的天才和疯狂都遗传自他的父亲。除了西尼尔·佐恩家族的人之外，没有人知道这机器如何工作。当他们年满十八岁，他们的父亲就会按照传统把这个秘密传给他们。目前唯一仍活着的这位西尼尔·佐恩 1944 年被送去了前线，他让父亲写了一本指导手册，以防这个秘密未能及时传授。他的父亲认真地对待了这个计划，在接下来半年的时间里都没有从办公椅上下来，因此死于急性脑血栓，死的时候鼻子陷在自家厨房里做出的巧克力蛋奶酥里。经过公证员的公证，这份手写稿中的内容十分混乱，写的是在矿洞中潮斑如何在墙壁上蔓延，还有一些关于信息网络是如何在未来主导一切的奇怪的预示，总之都是些没用的东西。Spijzomaat® 的秘密随着第六代西尼尔·佐恩的离世而被埋葬，只留下它生锈的、呻吟着的机器本身。

这机器现在有两处缺陷，但是它仍在运作。我可以非常骄傲地说我知道机器是怎么运作的，而且我也多次清理过它。这位老西尼尔（为了方便，从现在开始我会这么称呼他）说，他其实知道怎么操作这机器，因为技术已经存在于他的血液里。但是老西尼尔毕竟老了，除了收钱已经懒得动弹了。

除了洗衣服之外，Spijzomaat® 几乎可以做所有糕点师能做的事。首先在大厅的一边通过各种铜制的升降机和漏斗添加食材。然后加入煤炭，灌入冷水，再对好程序，机器就会完成后面的工作了。经过一系列非常复杂的结构，从轮子、夯锤、齿轮、铜管、蒸汽缸、输送带，然后到烘烤炉——准确地说是到了大厅的另一边——点心们以惊人的速度和让人惊叹的数量出售。同时，这台机器还会播放一种让人疯狂的钢琴曲，一天之后，你就不可能把 Senior & Zoon 烘焙坊从脑海中抹去了。永远。这些美食装饰精美，质量上乘。唯一的缺点就是在那些最敏感的鼻子闻起来，空气里弥漫着一股子煤炭味。

你要知道，这位发明家既是块烂肉也是颗醋栗。他吹嘘说他的机器绝对可以使用五百年，谁又能知道是真是假。由于贪婪，最后用奶油给传送带上的糕点写赠语的装饰装置采用的是廉价的材料制造，在第一百六十五年的时候，这个装置就坏了。老西尼尔既没有技术也没有他伟大的曾曾曾祖父的才智，但隐隐有着一种怀旧的心情，因此拒绝内置现代化的电动发动机。所以他雇用了两个员工。其中一个叫作朵拉，是个胖胖的、有些脾气的女人，总在抱怨着工作太辛苦以及背部酸痛。

另一个就是我。

星期一我们在黑森林樱桃馅饼上放樱桃。

星期二我们在马斯卡彭芝士蛋糕上撒葛缕子。

星期三我们在大理石奶油蛋糕上摆苹果片，下午在枣椰松饼上放核桃。

星期四我们把酸橙汁挤到生姜包上。

星期五我们把巧克力酱倒在蔓越莓布丁上。

“萨拉！”星期一的早晨，斯蒂夫喊着，“怎么走路的，周末还没睡醒吗？”斯蒂夫每天早上都会用他的小货车运来食材。在空闲时间里，他是一个猎人。在我的空闲时间里，我是水坝广场上的一尊活雕像。我是青铜做的。

“我每过十分钟就换一个姿势，”我说，“这是我从穆萨米那儿学到的一招。”

“穆萨米是……？”

“他是金子做的。”

“让我看看。”斯蒂夫说，他看见了我滴到雪里的血滴。我把手指伸给他看，他说：“很不错，美味的血液，来自一颗健康、完好的心脏。把它送给值得拥有的人吧。”

哦，我一定会的！我恋爱了，爱上了塞姆，我的心只愿意献给他。

斯蒂夫拍掉靴子上的雪，扛着一麻袋面粉走了进来，我拿了一箱樱桃。朵拉因为背部的原因举不动这些东西。我喂了喂埃尔温，然后把它绑在轮子上。轮子通过一个由不断增大的齿轮连接而成的系统与传送带相连，传送带上运着冷却的食物，这就是机器的第二个缺陷——我们得靠龙猫来传动。埃尔温喜欢塞拉诺火腿。如果你把一片塞拉诺火腿挂在轮子上，但却让它刚好吃不到，它就会一整天都转着圈追着跑。我们偶尔会真的喂它吃一片，让它不会永远觉得徒劳无功。

龙猫并不傻。

“你可以说我在抱怨，”朵拉在星期二的时候说，“但我知道我是为此而生的。创造我的时候我爸得了疝气，我妈椎骨骨折了。我注定会有一个这么差的后背。”

“不管怎么说，幸好他们还是创造了你。”我说，但她并没有在听。我抓了一把葛缕子，听着它们从我指缝中滑落的沙沙声。

“我姐姐就不一样，所有人都对她笑。她得到的是阳光，而我得到的是冰雹。不过也没错，毕竟她是星期天的孩子，对吧？她是星期天的孩子，而我是雨天的孩子。你在瞎玩什么！”

我吓了一跳，葛缕子都洒了。朵拉摆动手臂擦掉了它，然后把一个蛋糕放进盒子里。“我告诉你，这就是命。你很快就会回家，白马王子在那里等着你，但是没有人在等我。我的继子卷了我的钱跑了，和某个对他张开了双腿的臭婊子一起。他都二十八岁了，还要我来给他抹三明治。”

“不会这样的！”我说，但其实这很虚伪，因为我是知道这个故事的。

“好吧。但是你看，每个人都会得到分配给他的东西。而我什么都没有。我死了之后，希望他们能把我的骨灰放在镜面的瓮里。我希望被这样记住，我想闪闪发光。”

我突然感到一丝触动，于是问道：“什么能让你快乐？”

她似乎被这个问题吓了一跳。

“快问快答：什么让你快乐？”

她什么也没说。我握住她的手。朵拉像是触电一样很快把手抽回。我再次握住她的手，牵着她的手伸向那一袋葛缕子。虽然也说不上是为什么，但我想让她感受一下葛缕子的沙沙声。可是没等她的手指碰到葛缕子，她就敲了一下自己的背，然后大喊了一声。她必须在冰冷的地板上躺半个小时，而我不得不一个人做完全部的事情，因为 Spijzomaat® 还在不断地吐出马斯卡彭芝士蛋糕。

后来老西尼尔走过来问他的妻子在哪儿。她在 1956 年就去世了。当我提醒他的时候他哭了出来。我知道我当时很愚蠢，但是我的心思不在那里。我那时满脑子都是塞姆，我最亲爱的塞姆。

哦，你能想象那天晚上我的王子等着我的时候，我的心在嗓子里跳成了什么样子吗？码头上，灯笼中钠灯的光照着我们，身边的积雪围绕着我们。在这样的天气里他想起了我，多么可爱！他手里推着自行车，但这天气不可能骑车，所以我们蹒跚地走着，然后滑倒了，于是我们笑了，拥抱着翻滚起来。他亲吻我冰冷的皮肤上的雪花，那是一个在达姆拉克大街和西教堂的尖顶上嬉戏的姜饼吻。这是一个神奇的吻，一个情人节的吻，它是暗红色的，肝脏的颜色。在中央火车站后面，他跳着舞经过一个独眼的老流浪汉。流浪者跪在地上，痛哭起来，但只有一边脸颊流下了眼泪——这是唯一幸运的事。那天晚上晚些时候，我们温暖着彼此赤裸的身体。在那里，仅仅是待在那里，就让我很愉快，塞姆轻轻地在我耳边说着甜蜜的话："你的双唇就像冰一样，你的手是如此的寒冷，我的睡美人是这个国家最美丽的。"

当塞姆确信我已经睡着了，他扔掉毯子，翻身压上了我，他又大又强壮的兴奋的身体温柔而坚定地进入了我。我保持着沉默，让四肢瘫软着。我悄悄地、偷偷地透过睫毛看着，直到我的身体像布娃娃一样被他撞击得震动着的时候，才无法抑制地露出一个微笑。身处销魂之境的男人真是一种美妙又奇怪的生物。当他达到高潮的时候，我想到了三滴血，在圣洁的雪中的三滴血。

星期三的早上，朵拉接到一封电报，说她的姐姐在巡航的时候被一块鸡骨头噎死了。我告诉她如果想哭的话最好哭出来。

“我不觉得眼泪会有任何用处，”她对我说，“为她哭泣的人已经够多的了。杰拉德去世后，我就不会再下雨了，现在也只是乌云密布而已。”

她说姐姐没有给她留下任何东西，她现在连治背的钱都没有了。

我把一片苹果放进奶油里。那天早晨，光线洒在装载台融化的积雪上，非常地特别。

以前，你应该知道，我会在星期三下午问老西尼尔我是不是可以提前半小时离开，去拜访霍特思豪克斯夫人。霍特思豪克斯夫人是住在我们附近的一个盲人老太太，她很赞赏我沏的茶，总是说她的人生故事给我听，因为她也没有别人可以说。她也很喜欢听我用茶匙和半满的玻璃杯敲击出音乐。在最后的日子里，她是那样的瘦弱，以至于在肋骨上都可以敲出音乐来。

在她去世前不久，我推着轮椅带她走遍了这个城市。她欣喜地用那双瞎了的双眼四处“张望”，所以我让水坝广场上的画家给她画了一幅肖像。

在跳蚤市场上,她让我把我看到的都详细地描述给她听。当我提到一个陈旧的带边框的镜子时，不知道为什么，她想摸一摸它。她用长着老茧的手指抚摸着边框和玻璃镜面，然后用一欧元买下了它。

回到家之后，她若有所思地看着这面镜子，她那暗沉的眼角膜变得朦胧而洁白。“镜子里有神奇的东西。”最后她说。

我认可了，一般来说老人说的话我都会认可。我觉得对于那些很快就只能听别人说话的人，我们是不必去反驳的。霍特思豪克斯夫人放下镜子说：“每个人的人生都像一面魔镜。有时候它映出的是你想看到的东西，有时候却是你完全不想看见的。”“我有时候觉得我的人生就像一个童话。”我说。

“哦，确实也是那样的，姑娘。但童话其实通常都很可怕，你知道吗？人们总是说：啊！多么美好啊，就像童话中一样！其实他们的意思是：啊！多可怕啊，就像童话故事说的那样！生活不是迪士尼的童话故事。生活……是残酷的。”

我耸了耸肩。“说到底，镜子也不过就是玻璃罢了。”

她看着我，微笑着。“你有一颗善良的心，姑娘。它外面看起来是棕色的，而里面是可爱的粉红色。要小心不要被别人滥用了，不然它可能会变得像你戴的那个漂亮的胸针一样黑。”我脸红了。

在她的葬礼上有一个穿着一身黑衣的女人，我和塞姆也去了，除此之外就没有其他人了。因为没有照片，那张裱好了画框的画像放在了她的胸前，这样在她死后，可以代她看一看曾经存在和不存在的一切。

星期四早上朵拉打来电话，说她现在太痛苦了所以没法来上班。我接管了她的工作。她说我是个天使。并且让我不要告诉老西尼尔，要不他一定会担心的。

我一个人只能以一半的速度运行 Spijzomaat®，为了达到同样的产量，工作时长就得是平时的两倍，到最后龙猫都乱作了一团。

到了下午，老西尼尔来了，他又来问他妻子在哪里。我说她正在家里等着他的一大罐羽衣甘蓝。这小老头疲累的眼睛立刻像是被点亮了一样，亮得就像一个孩子。他走了之后，我马上打电话给秀妮外卖，紧急订了一罐羽衣甘蓝加香肠，外加一大份肉汁，送到老西尼尔家。我告诉他们直接放在门口就行，然后报了塞姆的信用卡卡号付了钱，他的卡号我都已经可以背出来了。

雪渐渐化了，但是到了晚上，一场新的雪又将来临。

星期五比星期四工作更繁重了，因为我很累了。但我是在帮助别人，这样的感觉很好，所以我还能坚持工作着。

加煤取暖的时候我听见了尖锐的金属声、橡胶滑动的摩擦声和破碎的玻璃声。我扔下铲子，按下按钮打开装载室的门。雪一下子吹了进来，然后进来的是一束大灯的灯光。

“这见鬼的车！”斯蒂夫一边说着，一边摇摇晃晃地从他的小货车上下来。他被撞得不轻，但是还好没有受伤。这怪不得那辆小货车，它翻滚了好几圈，最后撞上一堆雪才停了下来。撞皱的引擎盖上冒着热气，挡风玻璃也撞碎了。油、冷水、毛发和血液从车架上滴落下来。

我从钩子上取下粗呢外套，赶快跟上了斯蒂夫，到几十米外的雪地里去找被他撞到的那只动物。

“就这么突然撞上我的大灯，我的天哪，我还能怎么办？”

这一堆被撕裂的肉和天鹅绒般的皮毛竟然属于一头马鹿，差不多和一头小牛一样大。它的伤口散发着糟糕的气味。我们慢慢靠近的时候它抬起了头，像是要用鹿角保护自己，还发出一声死亡的悲鸣。

“哦不。”我说。我的眼里充满了泪水。

“这愚蠢的畜生到这港口来做什么？”斯蒂夫哀号着，“我差点都死了！”

“你看到它是从哪里来的吗？”

斯蒂夫举起胳膊然后又放下了。我想我们可以去追踪一下雪中这鹿的脚印。但是我的本能，我身体深处的某个地方，那个让我知道如何在大火中躲避和隐藏自己的本能，告诉我这些踪迹会在远处的码头和棚屋间消失。踪迹终是会中断的。在童话里，总是这样的。

斯蒂夫向小货车走去。我跪在这垂死的鹿身边，它漆黑的眼睛里映照着雪，看着我的眼睛。在那一瞬间，我们似乎分享着什么，但我也说不出来究竟是什么。然后斯蒂夫回来了，手里拿着他的猎枪。

“我可以就让它躺在这里受罪，或者帮它一把。”眼泪流下我的脸颊，但我还是点了点头。我离开这只动物。猎人走近了它。

枪声划破了十二月的空气，回荡在水面上。远方的某处，一只海鸥尖叫着。在IJ湾（阿姆斯特丹的一个海湾）的另一边，一台起重机正在一个平台上吊装集装箱。

斯蒂夫从皮带上取下猎刀，打开折叠的刀锋。

“你要做什么？”我问。

“我必须挖出它的心脏。这是笔生意。鹿心是很难得的，也就是今天了。你快走开些吧，可怜的孩子，不要回头看。”

我照做了。我逃进了 Senior & Zoon 烘焙坊的大厅，没有回头去看。

十五分钟之后，斯蒂夫拿了一箱蔓越莓进来。

星期六，我觉得很沮丧。

我在水坝广场看到了朵拉。她拖着一个还是六个袋子，吃了一个沙拉三明治，蒜酱从她的嘴唇上滴下来。但这可能是我想象出来的场景，毕竟我经常会幻想。

有时候我会想,会不会一切都是我一点点慢慢幻想出来的。

星期天，我在沮丧里越陷越深，还好塞姆差不多一整天都拥抱着我，让我不至于跌落谷底。晚上他做了饭，在冬天里闻起来很可口，紧实而狂野。他又为我单独做了饭，因为我是素食主义者。啊，我亲爱的塞姆，他是不是很绅士?

他把冒着热气的餐盘放在桌上，盖了两个银质的盖子，因为他想先查一下电子邮件。过了一会儿，我到桌边坐下，塞姆从抽屉里给自己拿了一把牛排刀，他说道："萨拉？"

他总是喊我"公主"的，至少也会想一些其他的称呼，从来不会叫我萨拉的。所以我知道，大概是有什么很严肃的事。

"我看到账户里少了三百欧元，会不会有可能刚好是你取的？"

哦，那个啊。我找不到任何需要说谎的理由，所以就给了肯定的答复。

"你拿那些钱是做什么？"

"就是，朵拉她……"

“谁？”

“朵拉，Senior & Zoon 烘焙坊的那个。”我向他解释说，朵拉必须做那个手术，但她的钱被继子骗走了，而我觉得她很可怜所以想帮助她。我一边说着，塞姆把盖在餐盘上的银质盖子拿了起来。我的餐盘里是意大利面和希腊沙拉，拌着橄榄和很多羊酪。他的餐盘里是酸菜和某种我从来没有见过的东西，但我很快就认出来了：一颗鹿心，配着一大盘的肉汁。

“等一下，所以你从我账户里取走了钱去给朵拉付骨盆手术的费用？”

“我这也是投资。”我抗议说。

“那她的保险呢？”他切下薄薄的一片肉，血液和肉汁滴落下来。他把肉包裹在酸菜里然后放进嘴里。

“你为什么要吃这个？”

“这里面富含铁。”塞姆说。

“菠菜也是啊。”

“这是意愿的问题，”他吞下了肉说，“我是为了吃鹿心而吃鹿心。你上次也吃了那个鹿心，那时他们还以为是在吃人的心脏。我可以问一下，为什么要从我账户里拿钱吗？”

“我问了老西尼尔可不可以把我十二月的工资打到朵拉的账户里，那么——”

“你又有什么？”塞姆似乎很生气，我不太明白为什么，因为我只是为了朵拉好。“天哪……如果朵拉正拿着这笔钱悠闲地度假怎么办！”

“她不可能这样做的。”我把叉子戳进了沙拉里。这次谈话总有些内容让我觉得不太舒服。“她姐姐刚刚去世了。她那么伤心，都没办法从家里走出门。”

“萨拉！”

他看起来很烦躁，然后他看向我，好像是既觉得我可爱，又为我难过的样子，所以我问他：“你生我的气了吗？”

他叹了口气。“我当然不会生你的气。”

“你就实话说出来好了。”我嘟着嘴说。

塞姆转了转眼睛，叉起很大一块心脏肉，咬了满满一口说道：“就算我们吵起来了，你也依旧是全国最漂亮的。”

我依然嘟着嘴，但是嘟着嘴偷笑了起来。塞姆绕过桌子走过来，亲了亲我的额头，让我知道他是爱我的。吃完饭之后，他说他要出去一会儿。我用妈妈留给我的纺车纺了一会儿麻。妈妈在我出生后就去世了，但我还留着一些老照片。我和我妈妈长得不是很像。我是红头发而妈妈是黑头发，乌黑乌黑的，像乌木一样黑。

塞姆回家的时候说：“我们必须对她做点什么，小公主。

她是个巫婆。”

“谁？”我问。

“朵拉。必须解决掉这个巫婆，这个愤怒的继母。你真的知道真实情况吗？”我觉得他对她太苛刻了。

我们快要睡着的时候，他说：“我还看到了一笔9.95欧的信用卡消费。”

“那是为了羽衣甘蓝。”

可怜的朵拉，星期一她还是没法来上班，所以我又是一个人忙碌着。

但是在那个早上，我知道我们不再孤单，黑森林樱桃馅饼和我。可能是长时间的重复劳动让其他感官起了作用，或者是很多常规的自动化操作让我们变得更容易受超感官掌控，总之突然间，我清楚地意识到，在铜管和蒸汽缸后面有一只大型动物在四处走动，用黑色的眼睛看着我。

我拉下拉杆，停下了 Spijzomaat®，那疯狂的钢琴曲也停下了。

然后我看见了那头鹿。

它站在烤箱旁边，静静地等待着，好像在嗅着危险的气息。它显然已经死了：皮毛是灰色的，残破的身侧还留着血渍，正是斯蒂夫的小货车撞上的地方。它的心脏被挖走了，鹿角也被割断了。一个狩猎战利品。

马鹿一边嗅着，一边用蹄子踢了一脚。声音在大厅的墙壁间回荡着。

它看向我。

于是因为冲动，我做了这件事，我也没有别的什么解释。

在那个时刻，我坠入了对这可怜生物的强烈的同情心中，甚至超过了我对塞姆的爱。就像一种动物的本能掌控了你的身体，让你只想放弃你最宝贵的东西。我解开我的线衫，脱下胸罩，露出乳房。这头鹿也许被我身上的香气吸引了，还有旋转的咸甜的香气和 Senior & Zoon 烘焙坊冰冷的空气，所以它快速地摇晃着靠近了我。我抽出蛋糕刀，舔掉了上面的樱桃和奶油。

告诉我，为什么在童话里，鹿总是有最糟糕的结局。

我花了很大的力气才切断肋骨，但最终成功地挖出了我的心脏。塞姆不会介意我把它给出去，至少不会介意给了一头鹿。完成之后，我再把肉放回那个地方，然后用乳房盖住。马鹿不耐烦地用湿润的口鼻顶着我的肚子，我可以感受到那死了的舌头舔着我的皮肤，我那像雪一样白的皮肤。

伤口被切得很深，但是最终都会痊愈。重要的是人的看法因此改变了。

马鹿快速地三大口就吞下了我的心脏。我的生命很适合它。它又闻了闻，用前腿摸了摸自己的鼻子，然后自豪地站起来。它苍白的灰色皮毛恢复了红色的光泽，眼中的雾霾也消失了。它不再以死去的样子摇摇晃晃地踱着，而是慢慢沿着传送带走了出来。它伸出修长的后腿跳下来，嬉戏着，舞蹈着，跳过蒸汽缸和烤箱，经过装载漏斗和铜管。啊，在烘焙工厂里有一头迷人的马鹿真是一个美妙的奇观啊！突然，它意识到外面的某个地方有一头母鹿在等着他。

它看了我一会儿，好像在确认它是不是可以离开。然后它跳过装载台离开了。

我的胸膛被划了长长的一道，从肚脐到脖子。但我感觉不到疼痛，只有一种奇怪的冷意，还有肋骨处的空洞。我穿上线衫，挂上围裙。我还得继续工作。

过了一会儿，我跟着钢琴曲一起哼唱起来。

星期二没有发生什么变化。

我的手很冷，但是这冷的感觉让我觉得还不赖。

星期三，朵拉回来了。

“你可以说我在抱怨，”朵拉削着苹果说，“但我知道我是为此而生的。创造我的时候，我爸得了疝气，我妈椎骨骨折了。我注定会有一个这么差的后背。”

“哦是吗？”

“绝对是这样的。突然腰疼就只能一直躺着。我星期四就去床上躺着了，到今天早上才起得来。”刀上削下的苹果皮越来越长。“你必须好好保养自己的身体，亲爱的。一个很轻微的动作都会让旧伤复发的。”

我把一块大理石奶油蛋糕装进盒子里。

“哦对了，你这外套真好看，”我说，“我星期六还在女王百货看到这件外套了。好像是正在搞大减价。”

苹果皮断了。我盖上盒子。

休息的时候，朵拉从围裙里拿出一个苹果。它很漂亮，红色的果皮，透着黄白色的光泽。

“你要一半吗？我可以跟你分一半，”她说着，就把苹果切成了两半，把红色的一半递给我。如果是以前，只要看它一眼，我就会立刻被吸引住。并不是说我现在不饿，只是我已经闻不到那苹果的香味了。也不能这么说，我还是能闻到，只是厌倦了。我就是不去闻了。

“以前人们都说我有一颗善良的心，”我说着，把这闪亮的半个苹果贴在胸前，然后，我把它扔进了垃圾桶里，“但那是以前了。”

朵拉盯着我看了很久。“是的，”她说，“你有一颗善良的心。”那天晚上，我对塞姆说：“你说的没错。我们应该对她做些什么。”

塞姆吻住了我。我泛着紫色的嘴唇僵着，没有回吻他。他的眼里满是饥饿的、孩子气的光芒。

那是昨天的事了。今天是星期四，星期四是酸橙生姜包。啊，美味的酸橙生姜包，它毫无疑问是 Senior & Zoon 烘焙坊的头牌，是 Spijzomaat® 的展示品，是皇室味觉和勃艮第嗅觉的真正享受，适合口味挑剔的女王和高贵的公主——就是这种传统的食物，圆锥体状的，淋着新鲜的酸味酱汁。“从味道来说是无可争议的，”塞姆说着，用钳子从煤炉中拿出铁质拖鞋，“真的是我吃过的最好吃的东西了。”

拖鞋被烧得火红，冒着火花。我转身避开这热气，咬了最后一口。然后我把银箔扔进了烤箱。

“太奇怪了，就这样结束了，”塞姆说，“但这是传统的方法，几乎没有人知道。”

他把这双给朵拉的拖鞋放在冰冷的石头上，她又开始号叫起来，但没有把绳子挣脱。我很好奇，如果她穿上拖鞋，是不是真的会跳起舞来。

“我们应该试试看用磨碎的酸橙皮而不是酸橙汁，”我说，“那样味道更精致，而且更加清新，你觉不觉得？”

塞姆什么也没有说，就算他说了什么，也被那突然充斥了整个工厂的朵拉的尖叫声淹没了。“我要去给老西尼尔提个建议。”我对自己说。

哦，朵拉跳起舞来了，我的注意力马上被吸引了。塞姆一切断绳子，穿着那双红鞋子的朵拉马上伴随钢琴曲跳起舞来，就像一个野人。然后她着火了。“是不是太残酷了？”我说，“我的意思是，她也并没有想要杀了我或者怎样的。”

“确实没有，”塞姆耸了耸肩说，“但我们可以一起对着她的身体哀悼。想想看，那会是多么浪漫。”

我们静静地盯着这火看了一会儿。她很快就停止舞蹈倒在了地上。空气里充满了烤焦了肉的臭味和酸橙混着生姜的味道，最敏感的鼻子还能闻到一点微弱的煤炭味。

我发出了一点声音，但是不确定要表达什么。是淡淡的悲伤，或者是被吓到了？我也没办法告诉你。塞姆搂住我的肩膀说："等等。你知道吗？"他犹豫了一会儿，好像是在努力搜索着什么记忆似的。"让我们假装你从来没有真正喜欢过 Senior & Zoon 烘焙坊，特别是老西尼尔就那样把你扫地出门了。他六个月前因为税务欺诈破产了。他挣的所有的钱，没有一分是干净的，那个疯狂的矮子。便宜的设备，糟糕的工作环境，他的烘焙吃起来就像煤炭一样，所以没什么值得留恋的。让我们假装朵拉的手术成功了，所以她去了柏林，去了一家脱衣舞俱乐部工作，而——"

"而脱衣舞女郎是给没有性能力的老人家跳舞的。"我说。我颤抖着，向着火更靠近了一些。火温暖了我的手掌，但我注意到这对我来说没有任何意义。

"没错，"塞姆笑了，"从现在开始，我们只需要相信这个故事是真实的。其他的一切都不再重要了。你还能想起来那个愚蠢的烘焙工厂是什么名字吗？"

我想了想，但记不起来了。我想应该是叫，什么什么和儿子。

我的故事应该就到此结束，但事实并不是这样，还发生了一些其他的事情。我的故事从三滴血开始，也以三滴血结束。

我们回到家里之后，塞姆就像一头陷入爱河的痴迷的鹿一样围绕着我。他送了我一个礼物。我撕开包装纸，感受到一阵剧痛。我赶紧松了手，但是已经晚了。那是一个纺锤，刺破了我的食指。塞姆就像一个王子一样，牵着我，带我上了床。我在那里大概躺了一年，冰冷地，裸露着全身。而同时，窗户也被长满刺的藤蔓封上了。

一百年很长，但是我很有耐心。

我无所谓。

我什么也感觉不到。

每一个夜晚，当塞姆来到我身边，我都会在他的唇上品尝到鹿心的味道，鹿心，还有生姜包。

（厉青冰 译）

# 雷沙革村的读墨人

The Ink Readers of Doi Saket

一朵用塑料和皱纹纸扎成的白莲花，

一颗明珠躺在花芯，

那是水灯节的第一个愿望。

那年泰历十二月的一天夜里，一双强有力的手将小伙子瓜仔推下了美萍河。颇为讽刺的是，瓜仔唯一的愿望竟然就这么实现了。他胡乱挥舞着手臂，搅得河水翻滚打旋。烟花的光芒映在他的眼白上，气泡裹着沉闷的叫声浮上水面，然后悄然破裂：救命，救命，救命，救命！

此刻，一对蜻蜓正在水上相拥飞行，它们唯一的愿望是不要生育后代，好让热恋的舞蹈永远跳下去。它们隐约听到呼救声，却误以为是清晨滴落的露水。这对蜻蜓躁动得连呼吸都乱了，恰在雄蜻蜓射精的瞬间，它们的身体分开了。从此习惯成自然，它们每次交配高潮都会重复这一行为，夙愿竟然就此成真。

但这纯属巧合。故事的重点是，年轻的瓜仔厉声呼救，河水涌入他的肺部，他心中拼命恳求着：不要就这样死去。

要想充分理解眼前这场悲剧，我们必须先回到几天前，看看坐落在这条河畔的雷沙革村。一天傍晚，离晚饭大约还有一小时的时候，大腹便便的除草师大胖冲进寺庙广场。他那肥硕的屁股不仅给他带来了“大胖”的名号，也让他此刻累得气喘吁吁。他在寺外停下脚步，靠着巨大的阳根石柱（此等俗物为佛门圣地所不容，因此立于寺庙外）缓了几口气，然后边喘边吼：“快来看啊，快来看啊！第一个愿望来喽！”

“看着点儿！”臭烘烘的灯罩匠人老龟提醒道，并冲着石柱点了点头。虽然他的脑袋像龟壳，模样也像乌龟，但是这个小名的真正来历其实是他极为结实的体格。

大胖一时头脑发热，完全忘记了村里对那个古老的生殖象征早有规矩。负责给稻米脱壳的农妇颂猜是个不贞的女人，曾经背着丈夫在外面跟三个邻居和邻村一个店铺老板偷情。在那之前，有人看见她在石柱的祭台上抚摸自己的身体，不着寸缕，全身只绑着丝带。事后她遭到了惩罚，被人按在水稻田里，腰部以下完全浸没，好让庄稼吸走她过剩的生育力。自此，大家决定再也不许任何人接触那带有魔力的石柱，只允许过路人朝它点头示意。后来，村民纷纷效仿，导致口交流行起来。（也有传言说石柱其实根本没有魔力，荡妇颂猜只是有暴露癖而已。这当然是无稽之谈。）

大胖闪电般一跃而起，赶紧躲开石柱（可惜已经晚了，第二年他的妻子将生下三胞胎）。他喊道：“大伙儿，都来河边吧！第一个愿望来喽——我亲眼看见啦！”

“这么快？”说话的是端庄的捕蟹姑娘库拉，她挎着篮子，刚从稻田里回来。“我不信。这也太早了。”

受人尊敬的村长在屋里听见骚动，匆忙冲出门来，吓得鸡群四散奔逃。“怎么了？”他大声喊道，“都在吵什么呢？”

“大胖说第一个愿望到了，”库拉皱着鼻子，看上去跟她的温和性格完全不搭，“不过我可不信。”

“真的？”村长问道。

“真的，跟我这人一样真。”大胖非常肯定。他倒确实是个大活人。

“好吧……那你把它收回来了吗？”老龟把灯罩放在脚边，跟着问道。

“当然没有啊，”大胖回答，“我又不会游泳，我太沉了，根本浮不起来。大伙儿快来吧！都来河边吧！”

在喧闹声中，百叶窗纷纷拉开，手机铃声此起彼伏，无数蕉叶羞答答地卷起，朝树干收拢。唯有好奇心，才能动员所有村民一起行动。他们来到河边，果然都亲眼看到了。宁静的河面上有一抹亮光。一朵用塑料和皱纹纸扎成的白莲花。一颗明珠躺在花芯。那是水灯节的第一个愿望。

哲人般的灌溉专家绯红，因出生时浑身是血而得名。他蹚过浅滩，开口问道：“那愿望是祈福，是求爱，是遗愿，还是痴心妄想？”

餐馆老板野羊说话总是冷冰冰的，他的小名则来自没人记得是怎么回事的某次离奇农牧事故。他举起手中的石杵，指着水中的亮点说:“我们再不动手,它就要直接漂过去了。”

“得来个人把它捞上来！”村长命令道，并示意众人不要喧哗。大男人都在岸边缩手缩脚，小孩子纷纷跑下水，却被母亲唤回来。抓青蛙的瘦子人称“竹竿儿”，他脱掉衣服，一头扎进黛色的水中。

“是什么？第一个愿望是什么？”众人终于等到竹竿儿浮出水面、游向小船，连忙高声发问，“里面写字了吗？”

竹竿儿一面踩着水，一面打开莲花花瓣，拿出一张湿答答的纸条。“等等啊。我看不太清。字都花了。写的是……”片刻激动人心的寂静,连河水也在屏息期待,“‘我的愿望是,我家重病的水牛能好起来——来自桑帕宽乡的老博文。’”

“水灯节开始啦！”村长在广播里宣布。村里的大小新闻通通都是这么公布的。听到他尖厉的嗓音，河岸上的人群欢呼起来。突然，奸诈的和尚老虎放声吟唱起那首传统的水灯之歌。没唱几句，村里的老人便开始跟着拍手，小孩也开始相互泼水。与此同时，在上游数英里以外的清迈城内，人们将成千上万个心愿放入河中。

十二月，满月映，
放水灯哟放水灯。
河水涨，水盈盈，
放水灯哟放水灯。
水灯节来喜盈盈，
手拉手来点水灯，
放水灯，盼光明。

旁边有一棵婀娜的娑罗双树，小伙子瓜仔坐在树冠中，听到了下面的喧哗。他用棉绳在一根垂得吓人的断枝上绕来绕去，想把它吊起来。这棵树在那年夏天遭到了雷劈。尽管瓜仔已经试过用支架、钉子、绳索固定它，也试过把它晃下来，但是那截可恶的死枝仍然连在树上，每天中午前后，它都会随着“咔嚓”一声巨响，往下沉一截，离瓜仔父亲的房子更近一点。每天，瓜仔都会带着新的板子或者绳子爬上树；每天，树上自然产物与人造产物之间的比例都会稍微变化，支撑材料所占的部分会增加一点。他的母亲把小费藏在一口旧锅子里，希望攒够钱请个园艺师来解决后患。瓜仔倒不介意每天做这种苦活。因为他隐约觉得这仿佛是种神圣的仪式。郁郁树冠、葱葱绿叶令他想起潜意识中有关一只挖空的西瓜的记忆，那正是他小名的由来；那西瓜是婴儿瓜仔的摇篮，日日夜夜庇护着他。

“大伙儿都去河边吧！”村长的声音回荡在田野上空，“愿望正等着成真呢！噢，记得要在寺外头的发财树上钉足硬币啊。我们会有更美好的明天的！”

瓜仔从树上爬下来。他在小小的神龛门口停下，供上新鲜的橙子和香烟，然后向娑罗双树精祈祷，感谢它护佑他们，没让头顶的死枝压塌他们家。（瓜仔当然信奉佛祖、教义、轮回什么的，但这并不意味着他不能信奉精灵。话说回来，树精可不是那树枝放过他们的原因，因为那家伙可能早就被雷击吓坏了，逃到别的树里住了。真正的原因是，瓜仔自己有着非同一般的“业”）。

瓜仔来到河岸上，一眼瞅见自己的弟弟纳塔蓬正在沙滩上无聊地挖洞。

“嘿，瓜仔哥。”纳塔蓬打了个招呼。

“你不去看吗？”瓜仔问道，“愿望都来了。”

“算了，没兴趣。我饿着呢。我希望时间过快一点，好让我吃上晚饭。”

“随便你咯。”瓜仔耸耸肩。

瓜仔继续向河边走去。美萍河静谧不再，水花四溅，水流翻腾，好不热闹。他一时兴起，摘下一朵蝴蝶兰。花萼抖动，人眼看不到的细小的花粉粒随之飘起，恰好一阵风过，将它吹向上游。村子里一阵骚动。给稻米脱壳的农人抬起头。情侣突然默不作声。而花粉呢？——刚好落在百无聊赖的小纳塔蓬的鼻孔里。他一吸气，便引发了一种少见的过敏症，令他立刻陷入梦乡。一小时后，他被蟋蟀的叫声唤醒，发现自己的愿望竟然这么快就被满足了，又惊又喜，连忙跑回家填饱咕咕叫的肚子。

然而，这与蜻蜓的故事一样，纯属巧合，不可强加因果。

这时，河面已满是水灯。关于水灯节的由来，有一段悲喜交织的故事，雷沙革村的每个男孩都听过无数次，瓜仔也不例外。因此他很清楚，他称之为家乡的这个小村子，有着无与伦比的意义。传说在七百年前的素可泰王国，一位婆罗门祭司的女儿诺帕玛小姐在河岸边嬉戏，突然恒河女神（她碰巧选在同一个地方洗浴）现身，吓得女孩跌入水中，不幸溺死。谁都知道，诺帕玛死后，会用暗淡无光的双眼读出小小莲花灯芯的愿望，并让它们成真。谁都知道，每年雷沙革村都会重演这一幕，借此祭拜恒河女神，而正是雷沙革村的村民，用仪式实现了所有愿望。

水灯节啊，水灯节！在泰国各地，人们都喝便宜的威士忌喝到烂醉，在月光下唱卡拉 OK 唱到嗓子疼，夜复一夜在烟花和灯笼的光芒中做爱。每个人。每个人都把水灯放入河水里，都把天灯放飞到空中。每个人都许下愿望。

此刻，清迈城内万众欢腾，而雷沙革村的村民工作得热火朝天。犟脾气的收割机司机老螺指导众人在河上拉网拦截水灯。男人划小船在水上往返，女人则在岸边等待接应。焚过的香丢在尚未完全熄灭的余烬上，美妙的香氛犹如窃窃私语，随着湿热的微风弥漫开来。剩下的蜡烛头回炉熔蜡，用作天灯的燃料。献祭给河神的钱币、珠宝等贵重物品都由村长收集起来，挂在寺外阳根石柱旁边的树木支架上，好让慷慨解囊的人们成为大家的榜样。胆敢顺手牵羊的俗人得不到好下场：不仅要在神圣的木荚豆树上倒吊一夜，来生还要沦为伊蚊的幼虫。

“臭贼！”村长会这么咬牙怒骂。

最重要的还是许愿纸条。如果字迹尚算清晰，就会给分到某一叠里——“一生洋溢爱意与幸福”放这边，“给我母亲换个人工髋关节”放那边。有的纸条干脆就是一份列表：

1) 运气多多；2)20000 泰铢（不算过分吧？）；3) 跟邻家姑娘派琳关系更进一步，不过如果她真的像大家说的那样，刚刚为养鸡专业户鸡公分开了双腿，那这条就作废；4) 一扇新纱门，都怪老板强哥太抠门，不肯时不时提携我一把，要不我早就买了；5) 弄断强哥的腿；6) ……

剩下的许愿纸条因为水路迢迢，墨迹已经洇开了。为此，要请专门的“读墨人”下河。三个和尚老虎、老帽、老螺的任务就是沉入水下，解读流淌的墨痕。整整三天，他们游来游去，瞪着水汪汪的眼睛爬上岸，将读到的信息一股脑儿念给岸上的记录员听，然后再度没入水中。如果哪盏水灯里完全没有字条，就要把它送到住持大师能武那里，他会用念力从小船上提取出放灯人的愿望。

村子里的每个人都会告诉你，自己曾亲眼看见住持大师冥想。他身子悬浮在礼拜毯上方一点点的位置，手捧一盏水灯，而他高贵的赤足之下，是连绵无尽、堆积成山的水灯。这个段子每个人从小到大都听过太多次，已经彻底相信了它的真实性。然而其实从来没有人亲眼见过。事情的真相是，大师年高力衰，连读经文都有困难，更重要的是他还经常流口水。他即使以前能够悬浮，自从用上助步器那一天起，也已经把悬浮的方法忘得一干二净了。不过，村委会经过热烈讨论、投票、唱票、再次唱票，表决认为通灵能力应该比痴呆症更加神通广大，所以不妨相信前者。于是，他们把住持大师嘟嘟囔囔的话都整理出来，在最后一夜的仪式之前，读完泰国北部的每一个愿望。

那些愿望怎么样了呢？

它们实现了。至少，一部分实现了。

因为等到夜深人静的时候，村长在和尚老虎、老帽的陪同下，开着快散架的皮卡，前往桑帕宽乡。途中，他们看见稻田里有一头神采奕奕的水牛，便把它拐走。老帽守在老博文睡觉的小屋外面放风，另外两个人把躺在地上半死不活、奄奄一息的水牛从绳子上放开，拴上他们带来的那头生龙活虎的水牛。他们在村子的下游，把病牛从桥上推到水里。水牛只哞哞叫着露出水面一回，随后除了蝉鸣，再听不到其他声音。

“运气真好！”这天天一亮，村长便向大家宣布，“桑帕宽乡的老博文在水灯里放了 100 泰铢还有他老婆的金戒指，结果他的愿望就实现了！他的水牛像跳鼠一样活蹦乱跳！向他学习，慷慨解囊，佛祖也会听到你的愿望！噢，请在许愿纸条上写清楚你的姓名——要知道，佛祖可不会读心术。”

传言有如野火燎原，通过广播传遍了附近的村子，又传向更远的村子。不久，便有个名叫老博文的家伙亲口证实了这个奇迹。他欣喜若狂，扑在一头雾水的水牛身上，用它的皮毛擦拭自己高兴的泪水。

“怎么回事？”雷沙革村有人纳闷了，“仪式明天晚上才开始。我们还没满足他的愿望呢。”

老虎解释称，仪式本身只具备象征意义，愿望实现是因为人们的“业”（他指的当然是帮人实现愿望的那些人，不过他很狡猾，并没点明那些人究竟是盲目轻信的村民，还是游手好闲的和尚），仅此而已。

于是，新来的水灯里堆了比之前更多的财宝。人们从四面八方涌向寺庙，捐赠钱财。一笔笔钱起初在发财树上显得非常可观（发财树长势喜人），后来转到村长的银行户头上亦显得非常可观（他的家底同样涨势喜人）。寺庙方面连一分钱也没见着。时不时地，村长会拨出一笔少得可怜的款子，用于实现个把愿望，好让传言继续流传下去。住持大师每次都咕哝一句“谢谢”，完全没掺和整个把戏，毕竟，要说有谁不把这老头子当回事，那就是村长了。

不消说，村民也各有各的愿望。不计其数的愿望。五花八门的愿望。在仪式上，天灯将载着愿望飞向天空。按理说，村民既然擅长满足愿望，至少应该有能力改变自己的人生，然而每个人都需要有愿望，才能有信仰。

大肚子除草师大胖的愿望是得到爱，不行就换成爱的“感觉”，再不行就换成随便跟谁简单抱一抱。

凄苦的邻居伊斯拉六年来都在祈求收到孙子唵的信。六年前，唵去新加坡学“计算机”，一直没有写信回来。

端庄的捕蟹姑娘库拉想要得到一面锣，原因很简单，她喜欢听它咣咣响。

瓜仔的慈父老瓜企盼子女通通过上好日子，无论是狮子、纳塔蓬、小诺还是瓜仔。

哲人般的灌溉专家绯红的愿望是死。

给稻米脱壳的荡妇颂猜祈求丈夫一振雄风，结婚这么多年，丈夫总该献出处男之身。

就连贪腐成性的和尚老虎都有愿望——他只求看一眼恒河女神，一眼就好，虽然他并不相信她真的存在。

唯独小伙子瓜仔没有心愿。从来没有。“要是我有什么心愿想实现，那该多好！”他时常暗自思忖。他坦诚处世，苦苦追寻值得作为愿望的事物，却始终找不到什么能令他真正动心的事，让他产生欲望。村里其他人在乎的一切，他们的争执与烦恼，他们的犹疑与徒劳，他们的热闹与拥抱……

他看在眼里，却从不为之所动。因此，他活在世上，只能忍受一连串没有深意的经历，永远没有出人意料的奇迹。

这年水灯节的第一夜，瓜仔失眠了。他悄悄摸出门。在远处的河上，夜班村民和读墨人依然在干活；而在村里，只有“叽喳”尚未入睡。

瓜仔仰望苍穹。成千上万盏天灯飘浮在夜空中，仿佛一群群发光的水母。愿望漫天飞舞。低空的光点似乎飞得更快，飘向南方，升到高空之后，则会转而飞向西面的山峦。它们要飘去哪儿？瓜仔想知道答案。它们都飘得那么坚定，那么执着，飘向未知的终点。它们飞往宇宙边缘，飞向更远的地方。

第二天，瓜仔天一亮就动身了。他徒步一整天，走了很远很远，终于在傍晚时分抵达金顶双龙寺。寺院坐落在素贴山顶，俯瞰清迈城。住持长老端来一小碗米饭给他吃，然后和他并肩坐在台阶上。

“你为何而来，孩子？”睿智的长老问道。

瓜仔朝清迈城上方泛紫的天空点点头，说：“愿望。我想知道愿望要飘去哪儿。”

话说这住持长老天赋异禀，不管人们问他什么，不管跟佛教有没有关系，他总能化用佛祖的教义来回答。哪怕是看起来几乎无法化解的两难问题，他也能用那句唯一正确的回答以不变应万变，令对方震惊："按照定义，令人困惑的问题属于无关问题，因为一切宗教生活的目的都是避免困惑。"双龙寺住持之所以是泰国北部最受爱戴的人，原因正在于此：他让一切都显得极简单，极省事。

"噢，没人知道。"住持如此开导道。他抚平僧袍的褶皱，露出和气的笑容。

就这一句？换成别人，可能会恼羞成怒，心想，"我就为了听这一句话，辛辛苦苦爬到该死的山顶？还光着脚！"但瓜仔不会。他凝视清迈城上空斑斓的烟花，遥望夜市里流动的灯光，它们映照在河面上。那条河或许会在次日夺走他的生命，又或许不会。绚烂的水面，呼啸升空、轰然绽放的烟花，狂欢的人群，一片混乱，却混乱得非常一致，反而归于有序。到处都有天灯升起，到处都是。城市仿佛在翻覆的世界里洒落火光之泪。

"清迈，由三重世界组成，"住持解释道，"第一重乃是你眼前所见的世界，欢腾不止，活跃热闹，充满愿望。头顶上是第二重世界，那里安详宁静，人能够脱离凡俗。世人放飞愿望，就是为了抵达更高的那重世界，融入那个境界。这两重世界，一上一下。"

瓜仔凝望着天灯，它们从容飘动在混乱的上空。

“但是，底下还有另一重世界，”长老继续解释，“那里尽是狭路、黑暗、小巷与沉沦。那就是冥界。明白吗？表面一层热闹又明亮，阴暗面在底下一层，顶上才是安宁超脱、慈悲行善的世界。这样看来，就像人一样。清迈，‘北方玫瑰’之城，就是活生生的人啊。”

“这些能怎么回答愿望去哪儿的问题呢？”瓜仔反问。

“咱们的愿望去哪儿，或许并不重要。”住持答道，“或许应该问的是，咱们自己怎么去那儿。看啊。”

他抬手指向两盏飞升得异常快的天灯，它们遥遥领先于其他的天灯。忽然，其中一盏光芒更盛，陡然转向西方，而另一盏灯火闪烁几下，摇曳片刻，黯然熄灭。“你觉得那两个愿望是怎么回事？为什么它们升高的速度最快？”

“可能是因为那两个愿望非常热烈。”瓜仔猜测道。

“爱情？幸福？金钱？什么愿望值得那样迫切追求呢？”

“想产生欲求的愿望……”

“又或许是想要无欲无求的愿望。”

“可是……”瓜仔心里反驳，“可是……”

“还有，为什么其中一个愿望那么坚定，另一个却像蜡烛一样熄灭了？”

“可能第二个愿望是恶毒的愿望，复仇的愿望，求死的愿望……”

“又或许只是燃料不足罢了，”住持耸耸肩，接着笑道，“你该回家了，孩子。你要让父母着急了。”

“那孩子心肠挺好。”住持长老与他道别之后，在心里慈爱地评价道。他叫了辆三轮摩的，让司机在那三百级台阶下面等着瓜仔下山，把他送回家去。睿智的长老右手端着瓜仔用完的空碗，踏进寺内，却突然被僧袍下摆绊倒，趴在地上。饭碗摔得粉碎。他本人奇迹般地毫发无损。他开始清扫碎片，可没多久便难以抑制长久以来极力克制的欲望——他想尽情挥洒创意，譬如设计精致的马赛克镶嵌画。整整一夜，他都在摆弄碎片，享受久违的快乐。于是，尚不如瓜仔更接近悟道的住持长老，在动手砸碎所有瓷器之后，实现了他最热切的愿望。

但这大概与瓜仔的出现毫无关系。

翌日，雷沙革村每条土路两旁都缀满了一盏盏灯笼。灯笼各色各样，有的悬在树枝上，有的吊在电线上，还有的垂在满地跑的鸡身上。多数灯笼放在墙头和花园里，或者放在寺庙广场四周。大腹便便的除草师大胖待在广场西头，忙着安排座位，好保证他讨厌的人都坐在卡拉 OK 音响正下方，离他远远的。村民有的忙着准备饭菜，有的忙着整理天灯，以便当晚能同时点亮所有天灯——这项后勤任务极其辛苦，工作量简直吓人。

终于，夜幕降临了。疲惫不堪的读墨人从河边归来，穿着湿答答的袍子，带来最后几个愿望；住持大师在冥想用的毯子上打着盹……这时，雷沙革村的狂欢开始了。众人使劲唱歌，拼命吃喝，就像没有明天一样。男孩纷纷抓来蜥蜴，赌哪只跑得最快。女孩则像放风筝一样，用线牵着颜色鲜亮的皇蛾到处跑。一对对红男绿女纵情扯着对方的衣服与胳臂，他们的头顶就是那有魔力的阳根石柱。

“好，乡亲们，差不多了，”大约到了晚上十点，村长在广播里说道，“仪式开始吧！”

住持大师（他仍在沉睡，自然对他的任务毫无怨言）被连人带座位抬到外面，引领全体村民进入冥想状态。人群笼罩在死寂之中，连稻田蟹都惊讶地抬起眼来。每年只有在这一刻，才能见到所有村民集体闭嘴（因为多数村民就算是晚上也会在梦里喋喋不休）。

然而，瓜仔没有参与这场集体静思，也没有参与之前的集体狂欢。他先用一块新木板加固好娑罗双树的那截死枝，然后躲在寺庙后面的僻静处，背靠着人造河神木像的轮子，坐了好几个小时。在仪式上，人们会把那巨大的恒河女神像推到寺庙广场上。“世人放飞愿望，就是为了抵达更高的那重世界。”瓜仔手臂乱挥着，有种溺水的绝望感。如果释放欲望就是最高的成就，那么他要怎样证明自己的人生价值呢？

河神像的木制轮轴上，有只鼩鼱正在小睡。这不祥的动物忽然竖起耳朵，不过片刻后便吱吱叫着鼠窜而逃。它好像吓坏了，就像看见老虎似的，瓜仔想。这时，他听见愈来愈近的交谈声。他也忽然感到害怕，因为他不该待在那里。他本能地跟着鼩鼱钻进一片灌木丛，蹲在里面，一声不出。可惜他没发现，自己的右脚正踩在一根即将折断的干树枝上。（具有讽刺意味的是，这根可恶的树枝同样来自一棵娑罗双树；这棵树比威胁瓜仔父亲家房子的那棵树矮小得多，造成的影响却深远得多。）

他躲在那里偷看，出现的是广受尊敬的村长与和尚老虎、老帽。三人在木制女神像旁边停下脚步，距离瓜仔的藏身之处不过两英尺远。他不敢呼吸。三人的注意力都集中在热烈的争论上，瓜仔只能听见只言片语：“……绝不能引起怀疑……”“……老子可不愿意白白泡在水里……”“……满足了六个愿望，也就是超过……”“行！但是得从你那份里面出……”

脚下那根树枝恰好选择在此时折断，从而决定了泰国北部诸多生命的消亡与诞生。这该怪它吗？无论如何，它断了，断裂声回荡在瓜仔嗡嗡作响的耳中。

“什么动静？”村长叫道。

“看这儿！”老虎得意地回应，一双强有力的手像蛇一样迅疾地探入灌木丛中，揪住瓜仔的后衣领，把他拽了出来。“这家伙在偷听！小骗子，你在这儿干吗？”

“我……没干吗，”瓜仔结巴着回答，“就是……想点事情。”

“在灌木丛里想？”村长质疑道。

老帽不安地环顾四周。“他待这儿多久了？”

“他全听见了。”村长咬牙小声说。

“我……没，真没。我完全不知道你们在说啥。”瓜仔一边辩解，一边想抽出自己的胳膊，“我觉得我该回寺庙广场去了，要不我妈就……”

“他要把一切都告诉大伙儿，”老虎一面说，一面更使劲地抓着瓜仔的胳膊，“我们得动手。”

“别。我真的不知道你们……”

“骗子！叛徒！”老虎忽然大发脾气，臭烘烘的唾沫星子喷在瓜仔的脸上。

“不能让他有机会毁掉一切。”村长低声宣布了他的决定。这句话比老虎的怒气更加有力地提醒了瓜仔。只听“刺啦”一声，他使劲挣脱出来，一扭身，撒腿就开始不要命地狂奔。

“嘿！”老虎叫道。

“追！”老帽喊道。

“搞定他，”村长厉声命令老虎，“听清楚了吗？我和老帽要开始仪式了，免得他们怀疑我们有什么事。”

瓜仔在黑暗中摸索着狂奔。老虎追在后面。他们冲过寺外蜿蜒的小路，冲过树林，冲过灌木丛。老虎步步紧逼，边跑边像野猫一样吼。在距离他们不到四百码的寺庙广场上，所有许愿天灯都已点燃，广场上渐渐充满热空气。伴着热烈的欢呼声，他们把恒河女神的木像推到了广场上。没有人听到老虎像发疯一样咆哮：“滚回来，死骗子！你小子有完没完？！”

终于，月色下的小道突然明亮开阔起来。瓜仔双脚扑通踩在水里。他惊恐地发现自己跑到了河边。他回头望向追杀他的人，恰在此时，他的妹妹小诺在寺外舞台上转身望向观众。这一年她被选中扮演诺帕玛。她穿着漂亮的戏服，露出骄傲的笑颜。她一定以为她惦记的大哥就在台下疯狂的人群中间。

“你逃不掉了。”老虎狞笑着蹚水走进浅滩。

“听我解释，”瓜仔边哭边踉踉跄跄往后退，河水已经淹到他的大腿，“我真的不知道你们在说什么。我都不知道，怎么可能说出去呢？”

“小家伙，”老虎冷笑，“你知不知道并不重要。”

他大吼一声，扑向瓜仔，橘黄色的僧袍鼓起，像血泊一样在水面上摊开：不要，不要，不要，不要。恒河女神硕大的木制手臂砸向小诺，小姑娘仰望着它倒抽冷气，众人欢呼雀跃，几乎失去理性：加油，加油，加油，加油。河水翻卷着泡沫盖过瓜仔，火光点亮夜晚，烟花爆裂、飞溅、盘旋，他双腿拼命又踢又蹬，惊走了河底的海星，气泡裹着沉闷的叫声浮上水面，然后悄然破裂：救命，救命，救命，救命。小小的诺帕玛深陷在绸缎里，成千上万盏天灯同时升起，众人跪在地上，含泪仰望这火红的奇迹，愿望缀满夜空，阳根石柱自惭形秽，瓜仔溺水身亡。

他的死，并非无人目击。

因为在近岸背阴处显露出一团巨大无比的身影。那自然是恒河女神。很久以前，她赋予河流生命，此后便留在河底歇息。和尚老虎浑身湿透，筋疲力尽，满脸通红，碰巧扭头一瞥，看见了让他不敢相信的身影，实现了最异想天开的夙愿。第二天，人们在下游发现了他没有手的尸体。他的双手竟一直下落不明。

瓜仔呢？

假如你也在场，定睛端详，你一定会看见一点微光，从河面腾空而起，翩翩飞向夜空，飞过一群惊讶的紫水鸡，飞入天灯群中。在那里，它找到了内心的平和。河水深处，瓜仔无光的眼睛映照出满天的繁星与愿望。一缕缕墨痕在他身侧盘旋涌动，他一一读透。

次日中午时分，只听“咔嚓”一声，娑罗双树上的死枝子又垂下来一截。然而没有人把它固定回去。两天以后，树枝断掉了，不仅砸坏了房子，也砸坏了瓜仔父亲的脑子里管悲伤的部分。从此，老瓜不再因为长子死去而悲痛欲绝，而是活得欣喜若狂，全心全意和妻子一起照料活着的子女。他的妻子虽然忧伤，也只能承认，假装好好活着总比死了强。

这可恶的树枝断裂之后，影响还不止于此。每天上午都有一道特别刺眼、特别烦人的阳光，让看透世事只求一死的灌溉专家绯红饱受折磨，难忍尖叫，睡眠也严重不足。因此，没过多久，他在主干道上开车的时候不小心睡着了，撞上一辆往屠宰场运猪的卡车，在地上滚了十四圈，却安然无恙躲过一劫，从此重新燃起了活下去的兴致。那车猪的命运完全相反。事故场面非常惨烈，满地都是一坨坨血淋淋的猪肉，于是新闻传遍了整个东南亚，甚至也传到了新加坡的一家泰式餐馆，唵在那里打了六年工，每月都给他那伤心的祖母写一封电子邮件，尽管她并没有电子邮箱。看到新闻，他提笔写了一封信："奶奶，我很好。我拿到了计算机的博士。我现在挣大钱了。给您寄点儿——"然后他把收到的小费塞进了信封。一周以后，伊斯拉在信箱里看到这封信，竟然高兴得死掉了。

到处都是愿望，愿望，愿望。绯红撞烂的卡车躺在稻田里，端庄的捕蟹姑娘库拉从车里翻出一些废铜烂铁，打造了一面锣。一天晚上，她敲响锣，频率动人心弦，雷沙革村的每个男人都为之深深沉醉，纷纷前往她的小屋。大肚子除草师大胖一看见她，便爱她爱得神魂颠倒。心肠不坏的库拉抱了抱他，至少也给了他爱的感觉。

种种愿望，犹如因果链串起的颗颗珍珠。接连几夜，库拉的锣声响彻稻田，终于在颂猜丈夫疲软雄风的供血系统内引发共振，打通了不畅的血管。与他无缘多年的色欲立即勃发，他飞身扑向妻子肆意索取，性爱的能量一浪接一浪淹没了她，方圆数里都能感受到——甚至远远传到清迈城，那儿的人们双腿被分开，大腿被抚摸，在尖叫中被送上高潮。整个泰国北部，愿望都得以实现。爱情形成羁绊，婴孩来到世间，强哥摔断一条腿。

毕竟人生太多偶然，或许这些也只是巧合而已。

但是，请听我说。有个地方，有一点微光找到了它的集体。它随着集体顺风向西飘荡。一路上许愿，许愿，再许愿。许着愿的微光和它的愿望一起，飞向宇宙边缘，飞向更远的地方。

（诺特 译）

# 无影男孩

The Boy Who Cast No Shadow

“你看到了吗？”斯普林特轻声说着，

“我们明天将要驶向那里。我想去摸摸沉入大海的太阳。”

我的名字叫卢克。你可能已经从报纸或者电视上听说过我。我就是那个无影男孩。不信的话可以尽管用探灯照我，但你会失望的。唯物论者说我是进化史上的奇迹；美国人却觉得我是某种秘密武器——当然是俄国造的——他们认为基地组织不可能聪明到这份儿上；基督徒认为我是天神下凡；妈妈则视我为尘世间的天使。其实我什么都不是。我只是卢克，真希望我能理解自己名字的含义。

很多人都说是因为我的基因异变了，但也说不出个所以然来。什么分子结构和光影效果，扯七扯八的，我压根儿不在乎，反正他们治不好。你大可用灯光随便照我，无论是我的下巴、胳肢窝还是肋骨下方，都不会显出任何阴影。大家都说这让我看起来很“平面”。我也不知道自己长什么样子，因为我的身体无法形成映像。当年我出生时，助产士在镜子前抱起我却吓得把我丢在地上，在我左边屁股上留下了个问号形的伤疤。妈妈跟我说当时在镜子里只能看到一根悬浮着的脐带，吓得那个助产士尖叫着跑出产室。分娩的照片上能看到很多乱七八糟的东西，但就是看不到我。唯一捕捉到我的图像是妈妈的声波图，因为那玩意儿成像靠的是声音不是光。

“你应该为自己的基因感到自豪！”爸妈老这么说。他们是“进取教”的创始人，这是一个崇尚“与众不同”的地方教会，其实无外乎大家聚在一起吹牛：“我们刚刚收养了一个菲律宾孩子。”“没开玩笑！我儿子是个同性恋。”“真的？好吧，我家小孩没影子。”秒杀全场，没人能比这更特别。妈妈信奉禅宗，爱做瑜伽，而爸爸宁愿给流浪汉做饭也不给我们做，就像许多可怜万物的大善人一样，他们的好心仅仅“对外开放”。

七岁之前，他们都成功保守了我的秘密。但谁都知道纸是包不住火的。一天，两个戴墨镜的男人把我从教室拖出来，捆进一辆装甲车里并给我的胳膊扎了一针。我醒来时已在美国的一个军事基地里，一组科学家跟特工花费数月的时间来研究我。头三个礼拜我宣称自己来自火星，意图征服全世界，结果他们被惹毛了，开始威胁我。有天早上醒来，我竟然发现屁股被他们割了一块皮去做实验。我彻底爆发了，告诉他们赶紧他妈的给我停手！结果没想到在一周内我就被告知自己已经没有利用价值，可以回去跟爸妈团聚了。为了补偿我们，他们在《国家地理》上给我们做了一期专题。一开始爸妈都气坏了，并考虑诉诸法律，但后来他们发现绑架我的家伙是一帮高于法律的存在，而且随之而来的媒体效应对于“进取教”的经费来说可谓是一座金矿，于是他们很快就妥协了。

至于我呢？拜他们所赐，我出名了。在奥普拉脱口秀上，节目组觉得一个没五官的悬浮面具在电视上看着太古怪，于是不给我化妆，结果导致电视前的人们只能通过飘浮的衣物、凭空飘起的东西，以及站在红外线机器后的我才能相信我真的存在。当奥普拉问我科学家如何对待我时，我答道：“我认为政府没有权力拿我的屁股做实验。”单这句话就让他们花了三百万美金来封口。尽管如此，关于性骚扰的指控依然蜂拥而至。活该这帮混球。

你可能觉得我跟美国政府打成平手了。还真不是。接下来的几年里，我家前院总是挤满摄制组，妄图能够拍摄到我，不过这明显没有任何技术可行性。12 家马戏团以及包括雷普利秀在内的 23 家怪咖秀开出天文数字想展示我。我被称作圣人 268 次，谷歌上有 2900 万个关于我的搜索结果，跟布拉德·皮特一样多。与众不同真是酷啊，爸爸妈妈。但如果你是我，就不会这么觉得。所有人都认识我。所有人，除了我自己。

斯普林特曾说过梦想铸就人生，但我从不做梦。我知道很多人都这么说，但我真的不会做梦。坦白讲，我连梦是什么都不知道。数不清的脑电图显示，我的大脑在快波睡眠时完全没有活动。医生找不出来原因，啧，这不也是意料之中的嘛。我估计这就是我没朋友、没感情、没想象力的原因。我既缺乏内涵又没有目标，不过我也无所谓。

我唯一的愿望就是找到自己的映像。如果我不知道自己长什么样，怎么可能明白自己是谁？你们都知道那些所谓的名人圣人的下场。当他们被声名钉在十字架上，无力地看着生命流逝的时候，人们唾弃了他们。

斯普林特·罗森博格的出现改变了一切。

那时候我已经十四岁，日子过得还算平静。舆论热潮总是会慢慢冷却的，这次也不例外。这段时间我们还在这小破镇子里搬了几回家。美国政府为了弄到我在美期间未受性虐的声明，安排了两个墨镜男在我家门前安扎了整整一年，替我们驱赶那些前院里的“朝圣者”跟其他变态。

很显然，这一切肯定会给我的校园名声造成影响——我落得形单影只。而且由于个头高，我要比其他孩子胆子更大。同学们对我避之不及，但这正是我想要的效果。有时候我会找个倒霉鬼揍上一顿，不是因为喜欢打架，而是我需要树立一种坏形象。你想啊，除非我站在镜子前面，否则也看不出有什么特别的。我平常都穿长袖，所以身体上看不出来什么，只是实在没什么好法子来掩饰脸部的怪异。如果太阳从右边照过来，我的左脸就会闪闪发光。妈妈试过给我化妆来掩饰这个问题，结果却让我看起来像个异装癖，所以还是算了吧。

甚至连乔迪·亨德里克斯也不太招惹我，顶多和我耍耍嘴皮子。他心情好的时候叫我“透明人”，心情不好时叫我“空气”或者“怪胎”。他说没有映像的我其实压根儿不存在，只可惜我这蠢蛋自己还没搞明白。

要我说，乔迪这话有点夸张了。即使我相信自己并不迷人，但事实也没他说的那么糟啦。很多艺术家——包括我爷爷——都帮我绘过画像。但这些画每幅都不一样，也没有一幅适合我。比如《人物》杂志封面的那张素描，我第一眼看就觉得挺扯的——它居然画出了实际上并不存在的阴影！还有一些画上男孩的脸既简单又粗糙。妈妈说爷爷画得最像，但是爷爷曾经也给妈妈画过像，画里的妈妈看着却像个男人——老妈看法的可信度可见一斑。

可惜得很，乔迪是个坏到骨子里的混蛋。其他孩子都很怕他。自从斯普林特来我们班后，我就算不上新鲜事儿了。这在某种程度上还得“谢谢”他妈妈罗森博格女士——她陪斯普林特来学校的头一天就把他的情况说得一清二楚，那时她就已经犯下了无法原谅的错误。我记得当时他们肩并肩站在那儿，罗森博格女士像跟小淘气们讲课般说着话，而斯普林特则目光呆滞地看着教室。斯普林特看东西总是显得目光呆滞，那是因为他的眼睛是玻璃做的——不止眼睛，他全身都是。基因库里总会出一些古怪的小事故，他正好就撞上了。把他擦擦干净，就是一面完美的镜子。他还保有一些机动性，也能活动四肢——只不过都是慢动作，就跟阿姆斯特朗月球漫步似的。但要让他做出点面部表情可就太难为他了。

拥有正常身体的罗森博格女士告诉我们，只要把他当作一个瓷器柜就好，这比喻倒也跟实际情况差不远。他不能在课间或者体育课上玩游戏，因为一粒精准射出的足球准会要了他的命。卡丁车就更别想了。当这些话从她这样一个干瘪的老女人嘴里说出来时，我们都又说又笑地乐疯了。罗森博格女士倒是很开心，觉得自己挺酷的。而斯普林特，则知道自己肯定完蛋了。

刚来的第一天，乔迪跟他的朋友就将斯普林特团团围住。

他们纷纷将回形针、硬币、弹簧和圆珠笔扔向他，想试试看敲击哪个部位才能敲出《镜中人》的前奏。“你们都是混蛋吧？”老师离开后，斯普林特终于愤愤道，“可以别再玩了吗？这对我来说很危险。”

哎哟哟，这只会让坏蛋们变本加厉。斯普林特知道自己有多脆弱，也明白那些回形针跟硬币不会对他造成永久性创伤。但事故总有可能发生。于是，当乔迪扔出的圆珠笔刮伤他的脖子后，他向老师告了一状。

哎哟哟哟哟，这无疑雪上加霜，因为事情不可能就这么结束。乔迪指示几个三年级的小孩编了个故事将老师支出教室，然后把斯普林特夹在腋下，放在手工台上。斯普林特尖叫着，不是因为疼痛——他压根儿没有神经——而是为了引起老师的注意。他没有挣扎，因为他清楚一个不小心自己就会碎成两段。

“我一直都想当个玻璃吹制工，小混球儿，”乔迪一边说，一边点燃喷灯，“魔镜魔镜，告诉我，谁将拥有这世上最弯曲的小丁丁？”

三四个男孩围成一条警戒线，将那些心肠软的人隔离开来。班上其他的人要么傻笑着，要么就装着没注意到。至于我，我真庆幸躺在那儿的不是自己。

乔迪手上的喷灯最终停在斯普林特的左手小指处。他烧热了斯普林特的指尖，用钳子扭成茶勺状，并戏言斯普林特喝茶再也用不着勺了。接着乔迪的一个小弟提醒大家统一口径，把事情说成斯普林特自己闹出的焊接事故，还警告我们谁多嘴泄密的话，不论身体是不是玻璃做的，都会遭受同样的待遇。

我当时确信乔迪肯定逃不了责任，但他还是逃脱了。这就是校园里的潜规则。我们欺负彼此，同时也包庇彼此——这仅仅是种自我保护的手段罢了。谎言与欺诈的泡沫迟早都会破灭。但那太简单了。时间已经告诉我，我们生活在一个满是乔迪这种人的社会中，这个社会通过摧毁奇迹来繁荣发展，而人们就活在这乌烟瘴气、同流合污的氛围下。

我为什么会被斯普林特吸引？

因为他是这辈子唯一理解我的人。他所寻找的不过是一星半点的愉悦，但没人愿意给他。得了，让我们面对现实吧，当他的皮肤上只能看见外界的反射，他又怎么能找到真正的自己呢？

我们经常在他的房间共度午后时光。“爸爸告诉我应该去寻找内心的快乐，”某个这样的下午斯普林特跟我说，“但我就是找不到，除非把自己摔个粉碎看看。我有个玻璃表哥就为了验证这事，从屋顶上跳下来摔了个粉碎，但我们清理烟囱时，也没有从碎片里发现什么有价值的东西。你说事情既已如此，我还能怎么办呢？”

“唔，人生有得有失，朝前看啦。”我咧着嘴笑道，但并不能掩饰声音中的悲伤。

而我之所以吸引到斯普林特，是因为我是唯一能真正看到他的人——我眼里的他就是他，而不是自己的映像。有一次罗森博格女士出去应酬前突然冲了进来，把斯普林特摆在面前，眯眼盯着他的脸摆弄自己的头发，直到满意才离开。人们总是带着憎恶的表情看着斯普林特，因为人们总能在他的身上看到自己的可憎面貌。斯普林特倒是对这事儿无所谓。由于我在他身上根本看不到人影，所以如果我用憎恶的表情看着他，他就会知道那只是因为我心情不好；如果我冲他发笑，他也知道我是对他笑。

在斯普林特来校后的前几个月里——从夏天一直到圣诞节——我都没跟他说过几句话。虽然确切地说，跟其他同学也是如此。如果课间要小便，我就会去老教学楼的卫生间，以免碰到那些自以为是的家伙和备受惊吓的新生。在这里，只有走廊的回音陪伴着我。一路上我得穿过门廊并经过副校长的办公室，圣诞节来临前他在那儿摆了一棵巨大的圣诞树。

有一天，我正在这条路上走着，突然一个声音吓了我一跳：“呃，你能帮个忙吗？”

我环顾四周，没看到什么人。

“我在上面。”

我抬头看了一眼，原来是斯普林特。他被人脱得只剩内裤，身体则被喷上了红色的油漆、跟其他彩球一道挂在那棵树上。

“见鬼，”我叫道，“你这是怎么了？”

“乔迪干的啊，”他耸肩叹道。还能是谁呢？“最糟的是副校长来回走了三遍都没发现我。”

我对斯普林特从来没什么兴趣，总觉得他有点蠢蠢的。现在他半裸着，我反而头一回认认真真地端详了他。他的胸膛跟着呼吸轻缓地起伏着，之前我还从没发现他居然会呼吸。我还看到一个银色的花环跟绞索似的挂在他脖子上，这要是换了别的小孩还不得被勒死了。

“喂，你就是那个没影子的男孩吧？”斯普林特操着他怪异而清脆的嗓音问道。

在圣诞的灯光下，说谎似乎没什么意义。于是我答道：

“哟，哈啰。”

“酷毙了！我在探索频道看过关于你的节目。我觉得那个‘导光细胞’的理论真是太厉害了。”

我没搭话。

“老兄，你名气很大啊，所有人都在谈论你。什么时候有兴趣去我家玩儿吗？我老爸有个紫外线灯，我们能做些实验。”

那一刻我确实有了感情：斯普林特天真得令人可怜，但他意识不到。他只是眨着闪亮的眼睛看着我说：“天，你这情况比我还糟糕。”

我看着他悬在树上晃荡，并不作声。

“听着，我得去洗手间。”我说道。

“你能不能……帮忙把我弄下来？”

一瞬间的犹豫后，我抓过一把椅子推到树旁。

“小心点儿，”我爬上椅子时被松针戳到了胳膊，斯普林特急忙冲我喊道，“摔地上的话，我就玩完了。”

他伸手环住了我的脖子。尽管有心理准备，但我还是起了一身鸡皮疙瘩。那种触感是如此新奇古怪，竟然让我既厌恶又好奇。他的体温出奇地低，整个人都轻飘飘的。我甚至不敢抓牢他，生怕一使劲就会把他捏碎。斯普林特感到了我的拘谨，说：“这样就好，我抓住你了。你可以把我放下了。”

于是我把他放下。至今我回想起那一刻，还会觉得他决定把生命托付给我，有多么随意。不考虑心理上的因素，我发现他其实别无选择。在将他从树上扛下来放到地上的几秒钟内，他的玻璃身体里传来的一丝震动让我异常强烈地意识到生命的脆弱，让我紧张了好一阵子。也就是那个时候，我明白了人们觉得稀松平常的行为对于他来说有多危险。他的脚一触地，我就松开了手，仿佛生怕自己被火炉烫到似的。

“哇，谢了老兄，”他边说边将脖子上的花环扯掉，“如果上课铃响后我还在这上面的话，他们就要围起来给我唱圣歌了。幸好有你帮忙，不然我就糗大了。”

“不客气。”我嘟囔着，感觉有点拘束。心血来潮又加了句：“祝你好运。”

当注意到他那木琴般的脚步声跟着我时，我已经走到了门廊中间。我转过身去，看到斯普林特光着脚，手臂上还挂着一摞衣服。

“我只是想问问有没有什么我能帮到你的……我欠你一个人情。”

“别放在心上。”我答道，一边推开男卫生间的弹簧双开门。那一瞬间我突然意识到门可能会弹回去撞到他，于是我又顶着门等他进来。我心里不怎么乐意，因为这家伙让我很不舒服。他的玻璃手指触到了我的痛处，打乱了我的日常生活。我不喜欢自己的生活被打扰。

“能帮我把水龙头打开吗？”他眨了眨眼睛，问道，“我的手不能用力。”

我照做了。斯普林特开始用纸巾擦拭他脸上的红漆，那声音听着就像用湿湿的手指摩擦玻璃窗。我洗手时，他好奇地看着镜子，盯着我那本该存在、实际却没有的映像。我猜他在犹豫着是不是该说点什么。终于他下定决心问道：“你是怎么处理发型问题的？”

片刻犹豫后，我回答说：“是我老妈弄的。不过你敢告诉别人的话，小心我用球棒把你打个粉碎。我留短发是有原因的。一般我都会戴个针织帽，但学校的破规定却……”

“我懂的，”他说，“想知道点我的事吗？我的胳膊不够灵活，够不着身上所有地方。因此我他妈的都已经十四岁了，还得让我妈帮我洗澡。”

“连你的那里也……”

他耸了耸肩，看起来很尴尬。

我们有些害羞地看着彼此，接着同时爆发出笑声。就在那时，我们成了朋友。在我们那个年纪，大家总是觉得自己地狱般的生活是最黑暗的；但斯普林特让我明白，人的命运原来还能更糟。照镜子自省不是什么坏事，但斯普林特浑身上下都是镜子。我看着他在镜子前洗脸，脑袋竟然晕眩不堪。两面相对的镜子重复反射，形成了一种无限循环。正如友谊，索取的同时也要付出，即使你一无所有。

我们在一块儿时，通常会待在家里边聊天边看电视或是去河边钓鱼。我跟斯普林特在很多方面截然不同。他有点子，有爱好也有梦想——这些我都没有。他最感兴趣的莫过于海洋，而最大的梦想就是有朝一日能成为海军舰长。从中，我也逐渐了解到斯普林特是个什么样的人：天真且不谙世故，满脑子都是新奇的点子和幻想。

遗憾的是，我们俩都很清楚他的梦想永远无法实现。我经常对他一直以来的乐观态度感到好奇。作为一个体重九磅、玻璃制成的男孩，死亡对于他来说，只隔了一层窗户纸。他生来就是个受害者。“幸亏我是剖腹产的，”他告诉我，“你想象一下子宫收缩的血腥场景——如果是自然分娩的话，我早就被妈妈的产道挤爆了。”

他时常猜测自己死亡的情形，也不管这会让我多沮丧。

“我能活到今天已经是个奇迹，”他说，“我表哥十一岁时在屋顶上滑了一跤，摔成碎片，而我表妹在四岁时就被一阵大风刮到一棵树上，粉身碎骨。我是家族中活得最久的玻璃孩子。说真的，我能活着毕业的机会微乎其微。”

“一点也不意外啊，如果你还跟那帮狐朋狗友混在一起的话，”我说，“我听说乔迪打算把你扔到玻璃瓶回收站去。”

他冲我竖起了玻璃中指，我也假装要胖揍他一顿，但你们应该明白我不会真的动手。

罗森博格夫妇对斯普林特保护得过度了。除了看书、钓鱼以外，他们不允许斯普林特做任何事。他妈妈只让他穿戴手织的衣物出去活动：三层连体衣、毛线帽、围巾、手套以及其他柔软的衣物。他爸爸坚持每天早上送他上学，就算他前一晚睡在我家也不例外。这一切都让他觉得烦不胜烦。

“没关系的，爸爸，我们可以自己走去上学。妈妈都把我包成这样了，我从尼亚加拉瀑布跳下来都死不了。”

但罗森博格先生不肯让步。“太危险了，”他答道，“特别是网球场边上那段路，你也知道亨克叔叔是怎么死的。”

“我什么事都不能干，”斯普林特看到爸爸的车停在校外，耸了耸肩膀说，“不过爸爸说得对，我确实什么事也干不了，连掰个手腕都能把我弄碎。所以我这辈子都别想加入海军。”

罗森博格女士交代说卡丁车千万不能玩，我觉得她剥夺了斯普林特的乐趣。斯普林特那么想要玩上一把，为何不让他试试这么一个为数不多的能让生活充满意义的游戏呢？

因此在某个下午，我开着从邻居家借来的卡丁车（邻居去度假了，而且严格说来他们也没允许我开，但也没反对）沿着小镇兜风，当他诚惶诚恐地请求我时，我无法拒绝。我跑回家拿了绳子和靠垫，把他的手绑在方向盘上，脚绑在车架上，身体绑在座椅上，这样他就不至于搞砸，然后摔出车外。我还往他与车接触的每一处地方都塞上了靠垫。

斯普林特踩着油门冲了出去。他的身体像假人一样摇晃着。那一瞬间我还担心自己犯了这辈子最大的错误，生怕他会飞出卡丁车摔成无数碎片。但那并没有发生——他尖叫着大笑的声音冲出车外，飞过轰轰作响的汽油发动机，回荡在大地上。

我永远无法忘记那个时刻。斯普林特欣喜若狂，而我竟然热泪盈眶。我知道自己看起来像个娘炮，但我不在乎。因为这是我第一次感到冷漠以外的情感流过全身的脉络，仿佛做了一件有意义的事情。我也许不知道自己的模样，但我可以给别人带来一丝欢乐。无论何时我回想起斯普林特，都会回想起这样的场景：他被绑在卡丁车里，用靠垫团团围住，春日里如水般流动的阳光撒在他头盔的遮阳板上，点点光斑将他的脸庞映得闪闪发亮。相信我，他是独一无二的，体内甚至还蕴藏着摧毁太阳的能量。

终于，他回到起点，我疯了似的冲他使劲鼓掌。“哇，舒马赫！你他妈的比光还快，你这怪胎！”

我从他头上摘下头盔，他抛给我一个迷人的微笑并说道：“这是我迄今为止做过的最疯狂的事情。”

“你成功了！”

“当然，不过还是出了点小问题。”他平静地说。

“怎么了，老兄？你……”

“我是说真的。帮我看看脖子，感觉不太对。”

我突然害怕起来。我按他说的查看了他的脖子。最开始没看到有什么，但很快就发现了问题所在——他锁骨上方没被T恤遮住的位置，有一条小小的星状裂痕。

“见鬼。”

“应该是一颗小石头弄的，我听到了石头弹开的声音。”他皱着眉，像是肌肉被拉伤一般轻轻地把脑袋从左边转向右边。紧接着我听到一丝破裂声。他紧张得睁大了眼睛，而我心里也不由得沉了一下。那个星点越变越大，一些小裂缝也从中蔓延开来。

“别动。”我一边说，一边用发抖的手解开绑着他的绳子。我强压住自己的恐慌，开始咒骂自己。我当时是怎么想的？我根本不该让他去碰那该死的玩意儿。但斯普林特并不这么认为，他抓着我的手，让我看着他的眼睛。他告诉我说，无论如何他都想拥有那样的经历，并且不论出现任何后果，他永远对此心存感激。

我赶紧把他送到急诊室。主治医生不知道怎么办，他打了个电话后叫我们坐进他的车里。我以为他要把我们送到安菲亚医院，结果车却在“汽车玻璃”店外停了下来。

“我的神哪，”技工看了一眼斯普林特，“以前就有人带着玻璃模特来我们这儿，不过都被打发回去了。”

尽管手术时间并不长，但亲眼看见技工那粗糙的手将裂痕一点点填平的时候，我简直如坐针毡。接着，他用某种听起来像钻牙的工具把斯普林特的脖子磨平。他的手艺非常不错，几乎没有留疤。事后，技工跟我们谈“维修费用”，斯普林特跟他解释说他没有权利享有任何医保，而且要是他爸妈发现这茬事他就死定了，希望技工可以通融一下。

那个技工耸了耸肩说：“哦，还真见鬼了。”我觉得他真的被感动了。“我花了一辈子寻找机会想拯救生命，结果你就出现了。”

“别妄想给我做心肺复苏啊。”斯普林特说。

那天晚上我们在我家吃饭。“你们两个开心得有点过头了吧。”妈妈一边准备晚餐一边说。斯普林特跟我对视一眼，都咬住嘴唇不作声了。他发誓，如果我告诉别人他是在哪儿被修好的，他就会把我切开来——这个无礼的举动在我看来实在太棒了。整个下午我们家都充满了他清脆古怪的笑声，爸爸妈妈倒是无所谓，他们只是很高兴我还没完全脱离社会。

“说说看，斯普林特，”爸爸问道，“你长大之后想做什么？”

“一面镜子。”斯普林特还来不及开口，我就抢先说。

“卢克！”妈妈冲我喊道，“不要拿这事开玩笑，你应该比别人更清楚这一点。”

“哦，但卢克说得对，”斯普林特天真地说道，“这工作挺不错的，装饰得漂漂亮亮的挂在百货商店里。要是做其他工作，我迟早要碎的。”

我唱道：“汽车玻璃维修，汽车玻璃更换……”

我们同时爆发出笑声。妈妈摇着头说道：“没救了，有时候我真搞不懂你们俩。”

她当然搞不懂我们。道理很简单，而且为人父母的就是不明白。乔迪那帮人取笑你，会给你增添心理负担；全世界当你是怪胎，你会感到尴尬羞耻。但当爸妈也把你当作玻璃人区别对待时，则会给你心里留下永远的创伤。斯普林特和我需要彼此的理解。我们需要在取笑彼此的过程中，来好好笑笑我们自己。因为如果不笑出来，就会哭。

那个春天，斯普林特变得忧郁起来。我不知道这是上次卡丁车事故的后遗症，还是仅仅因为青春期的关系。这突然的转变让我猝不及防。他从前总是那么乐观，但一夜之间，他的眼神就变得暗淡无光。有时我担心他会重蹈他表哥的覆辙——打破肉身去寻求“内在”的快乐。

“这一切到底有什么意义？”我们躺在河道边，他这么跟我说。我双手交叉枕在脑后，肘部悬在空中；由于身体的关系，他只能两手半弯地放在身体两边。我知道斯普林特指的是什么：所有这一切，潺潺的流水，飞舞的蜻蜓，耀眼的阳光。他指的是生命。

我们玩了一会儿“幽灵船”的游戏，我扮演幽灵，他伪装成船。我们会时不时玩这个游戏。斯普林特把衣服脱掉，然后躺在河里。粼粼的水面反射着光，如此一来他看起来就好像完全消失在水里。我站在打盹的老渔夫旁看着天空，接着斯普林特就伸手拽动诱饵弄醒他们。最开始他们会看到自己的倒影，然后以为应该能看到我的——不过很遗憾，水里并没有我的倒影——他们就会以为自己见鬼了。紧接着我像僵尸一样指着河里——斯普林特就会从水里冒出来，一边拖着身体爬向河岸，一边憋着喉咙发出像《咒怨》里一样“咯咯”的声音。

渔夫们总是尖叫着逃离。这就是我们拿到免费渔竿或者诱饵的方法。

“我爷爷曾经带我去过一次海边，”斯普林特说，“我爸妈发现后都要疯了。从那以后我再也没在爷爷家待过。但我在那儿度过了人生中的一段美好时光，这是他们不曾得到的。那天，我跟爷爷一直待到黄昏，一起看着太阳沉入大海。太阳是真的会沉到海里去的，你不知道吧？我做梦都想再看一次。”

“那我知道你该去哪儿，”我说，“爸爸妈妈有时会去葡萄牙租个海边小屋度假。在那里，太阳沉入大海的景象才真叫一绝。”

斯普林特没有接话，也没有必要接话。我跟他想的一样——他永远也无法欣赏到那里的太阳与大海。很显然，任何一枚松动的鹅卵石、高速飞行的网球或者随风飘动的树枝都是潜在的危险。那他爸爸妈妈呢？我觉得他们才是最大的威胁。你可以轻易感受到他家空气中那种强烈令人不安的情绪，那种尴尬的安静气氛甚至深入你的骨髓。罗森博格夫妇总是无视儿子的梦想。为了保护斯普林特，他们牺牲了他的快乐。我可以理解他们害怕跟儿子永别的心情，但在担忧斯普林特是否会死去的同时，他们也忘了让他真正地活着。

我就是在那一刻突然想到那个主意的："你想去追逐太阳吗？"

他坐起来看着我："你是说……去葡萄牙吗？"

我露齿而笑："对，你跟我。"

"我爸妈恐怕……"

"你爸妈算个屁。你到底想不想看那里的太阳了？"

"就像……私奔一样？"

"不，我们还会回来。"

他的眼睛开始放光："如果我们去那儿的话，还能出海吧？"

"你想干吗就干吗，这是属于你的旅程！"

斯普林特笑了："不管了，就这么干吧！"

我们还聊了很多，但以上才是重点。我拟定了一个计划：

“你明天照常去上学，然后翘课躲在自行车棚后，这样你爸妈要到傍晚才会知道你出走了，我们就会赢得先机。明天不要带书，带些衣服就好。剩下的事情我来处理。”

他伸出手，我也伸手握住他的手，听到他的指关节发出叮当的响声。当我触到他那残废了的茶匙手指时，我脸上的笑容消失了。

乔迪踩着第一节课的下课铃声走进了洗手间。他走到镜子前开始整理头发，由于最后一个隔间的门并不在镜子的反射范围内，他并没有注意到那扇门是半敞开的。为了防止他看到我，我脱去上衣，踮着脚尖一点点靠近，直到我可以闻到他洗发水的味道。乔迪边用跑调的拍子哼着说唱，边抓弄着他的头发。没有片刻犹豫，我立刻抓住他的左小指。

乔迪居然尖叫起来，这场面太搞笑了。他浑身抽搐了一下，还把发蜡打翻在地上。“见鬼！”

他转过身来。我可能把这可怜虫吓坏了。“你他妈的搞什么啊？”

“再清楚不过了，”我说，“以彼之道，还施彼身。”说罢，我优雅地折断了他的小指头。清脆的声音听起来令人心满意足。

我们在罗森达尔上了火车，然后在安特卫普换乘前往巴黎的大力士高速列车。坐飞机肯定不在考虑范围之内，因为容易被追踪到。一旦到了小镇外的世界，我们就没什么好怕的了。我虽名声在外，但没人知道我长什么样；长得像斯普林特这样的人的确是少数，但是拜托，被多看两眼又不会死。我们用从我爸口袋里偷来的“进取教”的信用卡买火车票，并在他发现并切断经济来源之前，从卡里取了大量的钱。

斯普林特的矜持在列车跨过国界那会儿就被抛到九霄云外了。他一直注视着窗外，对他看到的所有事物一一进行评论：高耸的谷仓，不同颜色的门牌，法国的牛是哪儿长得不一样之类的。我们还打牌赌了 50 欧元呢。

我们在巴黎北站吃了几片披萨，考虑下一步怎么走。斯普林特说他想就这么一直走下去。他想去冒险。他将毛线连体衣扔进垃圾桶，从小卖部买了一件 T 恤换上，上面写着：**危险地活着。**

我们去搭顺风车时天色已晚。不过很快一个戴着墨镜、骨瘦如柴的法国人开着一辆快递面包车停在我们面前，通过开着的窗户冲我们喊道："孩子们，你们去哪儿？随便哪儿我都带你们去。"

"西班牙行吗？"

他答应带我们到法西边境。城市风景逐渐被梯田风光所取代。我在想我的爸妈是否发现了我枕头上的字条——"不用担心，我会回来的"。当你告诉爸妈不用担心时，他们肯定还是会担心的。不过还好我爸妈还算冷静。毫无疑问，斯普林特的父母肯定在放学时没见他从学校走出来的那一秒便报了警，而我爸妈则会思考并推测我们去了哪里。

我第一次意识到自己做这一切并不只是为了斯普林特。我是指这次"私奔"。这是一次冒险，但也是某种比冒险更重要的事。斯普林特是去寻找大海，而我是为了寻找自我。

当我醒来的时候，我们已经到达波尔多北部，天也黑了。

我们选择在离高速公路不远的砾石小径旁过夜。野生蓝莓长满了整片山峦。斯普林特累坏了，躺在面包车里便睡着了，我跟那个快递员则坐在外面看着片片云朵飘过农田。他聊到他的工作、老婆跟小孩。

三天后我们到达了在葡萄牙的目的地。到达的第二个晚上我们在干草堆里度过，最后一个晚上则睡在一个加油站附近。载我们的司机警告我们野外有蝎子，但我们并没有看到什么蝎子。

我们的目的地叫水镜城，因为传说那里的太阳与大海是最美的。这世上至少有一个人知道这个传说，那个人就是我。水镜城坐落在阿尔加维的西海岸，杏花、桉树以及百里香的味道杂糅在空气中，令人心旷神怡。那味道不禁让我想起我跟爸妈一起来这儿度假的那些时光。很遗憾斯普林特没有嗅觉，因为这香气实在为这美景增色不少。

我们在市场里买了一些无花果和新鲜出炉的葡萄牙糕点“波林哈斯”，然后沿着村庄小道散步。一个年迈的玻璃吹制工在他的店前抽烟，他看到斯普林特后吓得尖叫着跪下了。我忍不住笑了，这一幕就好像匹诺曹与杰佩托重聚了似的。那个人操着他蹩脚的英语说着什么——跟我们的葡萄牙语一样蹩脚——我们压根儿听不懂，但那吹制工仍坚持要带我们在他的店里四处转转。他的店里塞满了形形色色的玻璃工艺品，我不得不小心翼翼地行走，如同踩高跷的人走进了一间满是气泡的屋子一样。

分别时，“杰佩托”依依不舍地看着我们离开，目送我们走到街道的尽头。他匆匆遇见了一个奇迹，但也许明天他就会觉得自己只是做了一场梦。

一直走到陆地的尽头，我们才看到大海。

沿着蜿蜒的小径前行，穿过一片闷热的松林后，眼前突然变得开阔起来，平静翠绿的大海一直延伸，直到模糊地与地平线合为一色。最开始斯普林特笑了，他开心得让我感觉他的脸都要裂成两半了。不过他的笑容很快消失，只剩一脸的敬畏。我看到被海水折射的阳光映在他的脸上，闪闪发亮。

“它比我想象的要大，”他吐出几个字，“要大得多。”

我们在橘红色的悬崖上找了一个地方，远离沙滩上那些踢球的孩子和日光浴的游客。我在贫瘠的土地上把我们的衣服跟背包搭成一张小床，接着把自己脱个精光躺在上面。斯普林特犹豫了片刻，最后也照做了，不是因为热或是想要把皮肤晒成小麦色，而是因为他现在可以这么做。既然自由就摆在你面前，那就尽情享受吧。现在斯普林特就在这儿，已经摆脱家的最后一层束缚。

我很快就晒成小麦色了，因为无论用什么姿势躺着，我的前胸后背总是能被同时晒到。

“我在哪本书里读到过有些鸟可以不间断地飞行超过六千英里横越太平洋，”斯普林特望着远处的地平线说，“从阿拉斯加一路往南直到赤道上的温暖岛屿。它们从不休息，也不喝水进食，就这样一直飞九天。它们很清楚自己要去哪儿。我觉得我也能这样。我的意思是，待在一艘小船上，如果碰上同方向的洋流就没问题。没有人能够不吃不喝撑得比我更久的。况且，我知道路该怎么走，我很清楚大海的一切。”

“是，然后半路上你就被一头蓝鲸给吞了。”我仍然闭着眼睛，打趣道。

“我一直在想杰佩托为什么要在海里找匹诺曹，结果让自己被鲸鱼吞了，”斯普林特说，“完全没道理嘛，那电影也没解释清楚。”

“给迪士尼发封抱怨信呗。噢对了，还可以申请一个续集角色演演。”

某个地方，一只海鸥遥遥悲鸣着。

斯普林特举起一只胳膊说：“那个玻璃吹制工是这世界上第一个觉得我漂亮的人。”

“那是因为他年龄大了。”

“滚一边儿去！说真的。你也知道我从没亲过谁。女生怎么可能喜欢我呢？”

“不然找个玻璃吹制工试试。”我调侃道。

但斯普林特很严肃。“你看我这副样子，没人会觉得我有魅力的，我也不能怪别人。”

我仔细瞧了一下他然后耸了耸肩。他身材没问题，也没什么特别的。就只有一个毛病，那就是这家伙是玻璃做的。

“那肯定会有些玻璃女孩吧？”

“你见到过吗？再说了，我对于玻璃人来说也不性感，而且我喜欢有血有肉的人。”

我狡黠地笑了。“我以前总是在想，你能不能……？”我伸出手作自慰状。

“噢，这个当然，”斯普林特马上接道，“我虽然是玻璃做的，但人体结构并没有问题。好处在于我不能施加太多压力，因此也不用担心秒射的问题。”

我笑得直不起身子。有些情绪在我心里翻动着，这操蛋的青春期。我很想问他射什么出来，是精液还是玻璃液。但我没有开口。有些事还是留在想象里吧。

傍晚一阵微风拂起，吹干了我身上的汗水，感觉很舒服。我们玩着“二十一点”，等待日落的来临。斯普林特可把我虐惨了。我刚刚叫了一张牌，一阵狂风就卷起扑克牌飞出悬崖。我们都没说话，静静地看着红心、方块、梅花跟黑桃牌飘向西方。西沉的太阳映照着大海，将它变成一面明亮的橘红色的镜子。

“你看到了吗？”斯普林特轻声说着，“我们明天将要驶向那里。我想去摸摸沉入大海的太阳。”

我本该说些什么，但没这个必要。扑克牌飞去的那个地方是斯普林特的心之所属。你可以看看大海反射在他身体上的奇幻魅力。在那个时刻，我突然莫名其妙地觉得自己不会带斯普林特回家了。也许我一直都明白这一点，但为何我又一直在想：“那我还回家吗？”

“看到大海反射阳光的样子了吗？那就是我的归属。大海的每一寸都如此像我。在那里，我不需要担心自己什么能做，什么不能做。”

“肯定不会像以前那么糟。”我暗示说，不过我知道情况会更好。

“每个人看我的眼神都好像我是什么怪胎一样，”斯普林特说，“我永远不会有女朋友，因为那样太危险了。我不知道被抚摸的感觉，甚至连一个简单的拥抱都不敢奢望。因为连我爸妈都不抱我。他们从不碰我，只会看着我，生怕碰坏我的身体。”

我沉默着，宁愿他没跟我说过这些。

“我经常梦到那样的场景，那种褪去女孩衣服、用我的胳膊环抱着她、体验我们肌肤相亲的感觉。”

“但从严格意义上说，我觉得你并不能感觉到什么。”

“我可能没有神经，但我肯定有感情。”斯普林特回答。他沉默了。“可能也没有感情吧。我不知道，或许我只是想知道跟一个人非常亲近的感觉。”

接着我做了一件之前从没想过的事。我一时脑热，也许如果多考虑一会儿我就不会那样做了，但那是我当时唯一能为他做的事情。我转向他，伸手把他拉近我。斯普林特睁大了眼睛，他在落日的照射下如同橘红色的水晶一般。我不知道自己是否可以唤起我身上这个玻璃男孩的感情，但能够很清晰地感觉到他有多么脆弱。

我的双手搭在他的背上。

斯普林特的双手抓着我的肩膀。

他是如此靠近我。

从他的眼里可以看到我们躺着的土地，却看不见我。

我们身后水镜城的奇景拉开帷幕时，他吻了我。斯普林特是第二个发现这个奇景真实存在的人，这个关于大海与落日的传奇。斯普林特哭了，滚烫的玻璃泪水滑落到我的脸上。等它们凝固后，我伸手将它们摘下。直到今天我还保留着它们——一粒粒锥形的玻璃。我很庆幸那些都是幸福而不是悲伤的眼泪。我一直留着它们作为纪念。

身后，火红的太阳慢慢地沉入海里。

我已经记不清事故是怎么发生的。我只记得我可以感受到他胸膛里疯狂跳动的心，就好像棒槌一直敲打着玻璃研钵一般。也许因为心跳太猛以至于劈裂了他的背——我希望确实如此。但我觉得是因为我抱他抱得太紧了。

我们只是躺在那儿，震惊地盯着对方直到破裂声消失在我们耳边。那声音听起来好像一粒足球猛地撞在一块安全玻璃上，留下了蜘蛛网一样的裂痕。我可以感觉到他背上的凹痕。裂缝从他的肩胛骨开始，顺着脊椎肌肉一路向下延伸到他的腰髋部。

“完蛋了。”斯普林特说道。

看到他背上的裂痕，我的五脏六腑如同被打上结一般紧绷起来。

“不！”我喊道，“他妈的，不，不，不！”

我想我是慌了。我把手放在他的背上，又收了回来，继而把手指插入头发中抓来抓去。最糟糕的是他身上的裂纹随着他的呼吸起伏如同蜘蛛的网一般在继续扩散。

“有多严重？”斯普林特平静地问我。这家伙怎么能这么平静呢？我急得跳脚，告诉他就待在这里，不要乱动。我去叫那个老玻璃吹制工，很快就回来。但我说得越多就越乱、越没意义。

斯普林特抓住我的手。“没有用的。”

我愣住了。“没用？你他妈的说什么呢？”但其实我明白他的意思，泪水开始不住地涌上来。

“我很清楚玻璃的特性。听着，如果一块玻璃的裂缝比一块钱硬币还要大的话，唯一的选择就是换掉这块玻璃。但对我来说，其实已经没有选择了。”

“当然有！那老家伙可以再往你背上抹一层玻璃，我他妈的怎么会知道！”

我又说了很多话，呜咽着哭诉了很多。斯普林特想要站起来。一片半寸大小的碎片掉了下来。我们都听到“叮”的一声，看着碎片反弹在玻璃器官上，然后从他腿间的空隙滑落。毫无疑问，斯普林特的伤已经无法修复，任何移动都可能让情况变得更糟。他随时可能碎成两半，也许还有 24 个小时可以活着，甚至更少。

“这一切是注定要发生的，卢克，”他说道，“你以为我不知道吗？这不是你的错，这种事任何时候都会发生。”

但是我无法这么想，泪水不停地从脸颊滑落，觉得这一切就是我的错。斯普林特用他的玻璃手臂搂住我，笨拙地给了我一个拥抱。我将自己的脸埋进他的颈间。

“没关系的，”他安慰道，“我看透了。一个人什么时候死并不重要，重要的是死之前他真正地活过。”

“对不起,”我低声哽咽着,伤心欲绝,“你想让我做什么？”

“我要你今晚跟我待在这里。我只想紧贴着你再多待一会儿。”

于是我们躺下。随着西边最后一缕光线消失，我将他搂在怀里。我一直哭着，重复地说着自己有多难过。斯普林特让我不用自责，他告诉我这是他此生第一次真正感到快乐。我的眼睛被泪水吞没，又黏又疼。最后我估计自己哭着睡着了。那是一次极不安稳的睡眠，我做了很多记不住的梦。我刚刚说“梦”了吧？是的，我是做梦了。那天夜里我时不时地醒来，因为我可以感受到斯普林特冰冷的呼吸拂着我的眼睑。我觉得那是因为他感应到我做噩梦了。

再次醒来的时候，天已经蒙蒙亮了。

我吓得跳了起来——斯普林特不见了。我四下搜寻，呼唤他的名字，但没有任何回应，虽然他的东西都还在这里。我仔细查看了崖下的沙滩，惊恐地看到潮水正在上涨。也许我是怕他跳崖自杀，怕我会在潮水下的某个地方发现一堆碎片。但我没发现什么。我又叫了一遍他的名字，这次终于听到了回应。

他从那片松林中摇摇晃晃地走出来，拉着一个破烂的木板车，上面覆盖着一张破旧的毛毯。他的身体状态让我震惊——皮肤已经失去光泽，不再闪闪发亮。他已经破旧不堪了——不，他就要死了。

“我做到了，”他嗓音沙哑地说道，“如果我僵直着身体走路，就不会有其他部分的玻璃坏掉，那个老师傅给我背上缠了一些绷带。现在我可以撑得再久一点。”

但每当他迈出一步，我都能听到他两脚间碎片相互摩擦发出的咯咯声。我冲过去从他手上接过木板车。我掀起那张破毛毯，发现下面居然是一条小小的玻璃渔船，刚刚好装得下他。我惊诧地看着斯普林特。

“我差不多了，卢克。我的情况一直在变糟。我想试试自己最后能不能完成梦想。我有一整天的时间能朝着地平线划去。我想试试看能不能在今晚太阳西沉的时候触摸它。”

我们久久地看着对方。我一直想说些什么，但不知道为什么，发不出声音。最后我终于努力挤出三个字。这是我唯一一次乞求别人。

“求求你。”我说。

“应该是我求你才对，”斯普林特笑着说，“我需要你，把我推出去。”

我把他放在木板车上，推着他经过羊肠小径前往沙滩，一路上，我思绪万千。脑子里千百万个声音告诉我应该回头，冲我叫喊着“这不公平，为什么要让这一切发生在我身上”，但我将它们全都藏在心里，深深地埋在没人可以触及的心灵深处。

太阳还没有升起，除了一些孤独的晨跑者，整片沙滩都很安静。斯普林特打开毛毯，递给我一个摄影机。“把这个给我爸妈。里面有我留的信息，也是给你留的。”

接着我把他放进玻璃渔船并慢慢推向海里。水渐渐淹过了我的腰部。大海很平静，光滑油亮得如同一面镜子。那艘船造得非常精致，看得出是一个艺术家的杰作。“杰佩托”甚至还给它配了对玻璃桨。

我把他久久地抱在怀里。然后我放手了，让他离开。他抓着双桨开始划，慢慢地，专注地，小心翼翼地不让他的背碎掉。他回头看了我一眼。晨曦的第一缕阳光在他身上投出一道模糊的光晕，他的嘴唇动了一下，我看出那是一个简单的词——谢谢。

我蹚着水走到沙滩上看着他离开。他变得越来越小，直到变成粼粼大海的一点光斑。我就这么一直看着大海，直到沙滩挤满了游客——大人为了琐事互相争吵，孩子无理地哭闹着——我对这一切感到筋疲力尽。最后我爬回悬崖。走到我们的行李边，我仿佛又看到了他的小船，不过那也许只是光线的错觉吧。但我仍然没有离开。

我想知道他是否可以成功到达。

我也想知道他是否能够触到太阳。

我在法鲁机场被扣留了。并不是因为他们从一些描述上认出我来，而是因为过安检时 X 射线直接从我身上穿过去了——他们当时的说法肯定不会比这好。然后他们在一间小拘留室里审问了我。我不停地摇晃着自己的椅子，找不到一个舒适的坐姿。我发火是因为我错过了航班，要知道那张临时订的机票花了我 400 欧元。葡萄牙官员恼火是因为他的工作很烦人。那家伙跟荷兰警方通过电话之后，就问我是否知道斯普林特·罗森博格的下落。我努力让自己不掉眼泪并闭紧嘴巴。我说在见到斯普林特的父母之前我不会再说一句话。他终于爆发了，狠狠地将拳头砸向桌子。

“告诉我，你这呆眼猴子！”他用蹩脚的英语冲我吼道。

我勃然大怒：“你他妈的压根不懂玻璃。”

“他死了吗？”

“不，”我回答，“他活了。”

后面还发生了很多事，但都不重要。重要的是，斯普林特父母看了他的录像后，终于明白他的梦想已经成真。斯普林特告诉他们不要替他难过。那个录像我只看了一点点，因为一听到他的声音，泪水就会模糊我的视线。我会想起那个漫长的下午，我坐在沙滩上被疑问困扰——“让他离开是对的吗？我是不是应该跟他一起走？”但我也记得那天太阳最终落下的情景——仅仅留下透着橘红色的大海，如同一面明亮的镜子。突然我明白了，他必须单独完成最后的旅程。

后来罗森博格父母来找过我：“他成功了吗？临走时，他开心吗？”

“当然，”我回答道，“他触摸到太阳了。”

我希望还有更多的故事，我也希望可以给你们一个更快乐的结局，但事实上并没有。我是谁？我的名字叫卢克。

在葡萄牙的某个地方。有一个年迈的玻璃吹制工，每天晚上他都会举着望远镜观察汪洋上的层层波浪。而我相信，他会时不时地看到一头蓝色的鲸鱼。

（黄晖 译）